Brennendes Berlin – die letzte Schlacht der „Nordland"

Wolfgang Wallenda

Brennendes Berlin –
die letzte Schlacht der „Nordland"

April 1945 – Soldaten der 11. SS-Freiwilligen-Panzer-Grenadier-Division „Nordland" erreichen Berlin. Die Soldaten
der Waffen-SS stellen sich ihrer letzten Schlacht

Impressum:

©2016 Wolfgang Wallenda

Herstellung und Verlag:
BoD - Books on Demand, Norderstedt

Titelbild und Rückseite:

Bild 146 – Waffen-SS mit Panzerabwehrkanone (5-cm-Pak 38) und VW Kübelwagen mit Haken-kreuz-Flagge auf einer Straße, ein Maschinengewehrposten mit MG 34 seitlich sichernd, Fotograf: ohne Angabe, 1941/1944, Bundesarchiv, Signatur: Bild 146-1970-025-28

ISBN: 978-3-8370-7498-7

Das große Karthago führte drei Kriege.
Nach dem ersten war es noch mächtig.
Nach dem zweiten war es noch bewohnbar.
Nach dem dritten war es nicht mehr aufzufinden.

Bertolt Brecht (1898-1956)
dt. Dramatiker u. Dichter

Anlässlich des Jahrstages der
Befreiung Berlins von den Nazis:

„Ich verneige mich vor ihrem Leid und dem Leid und
der Leistung derer, die gegen Hitler-Deutschland
gekämpft und Deutschland befreit haben
und ich bin dankbar dafür."

Joachim Gauck
Bundespräsident
Mai 2015

Vorwort:

Nachdem die deutsche Wehrmacht Polen besiegt hatte, führte man im November/Dezember 1939 die bestehenden SS-Einheiten *(Verfügungs-Division, Totenkopf-Division und Totenkopf-Verbände)* zusammen. Zeitgleich wurde der Begriff *„Waffen-SS"* von der SS-Administration kreiert und fortan als Überbegriff verwendet.

Bereits Anfang 1940 begann man, die Waffen-SS, und damit den bewaffneten Teil der regierenden NSDAP, zur selbstständigen militärischen Organisation analog der Wehrmacht aufzubauen und in militärische Operationen der Wehrmacht mit einzubinden. Trotz dieser Maßnahme unterstand die Waffen-SS weiterhin dem direkten Oberbefehl des *Reichsführers-SS Heinrich Himmler.*

Zur Waffen-SS gehörten nicht nur die neu aufgestellten Kampfverbände, sondern auch die Wachmannschaften der Konzentrationslager.

Da sich die neue Einheit als Elitär betrachtete, waren die Anforderungen an neue Rekruten entsprechend hoch. Erst mit dem negativen Kriegsverlauf und dem damit einhergehenden Druck, die Verluste auszugleichen, wurden die Aufnahmebedingungen erleichtert.

Konnten die Reihen anfangs noch mit Freiwilligen aufgefüllt werden, gab es ab 1943 vermehrt Zwangsverpflichtungen.
Zudem wurden seit 1941 auch ausländische Freiwillige angeworben, die im Kriegsjahr 1944 bereits mehr als die Hälfte der Truppe stellten.

Der von der NS-Propaganda geschaffene Nimbus der Unbesiegbarkeit der Waffen-SS blieb bestehen.

Die Waffen-SS wurde sowohl an der Front als auch zur Sicherung besetzter Gebiete eingesetzt. Sie war für ihre harte und grausame Vorgehensweise gegen die Zivilbevölkerung bekannt und gefürchtet.

Angehörige der Waffen-SS waren nicht nur an zahlreichen Kriegsverbrechen, sondern auch direkt am Holocaust beteiligt.

Allein die vom damaligen *SS-Standartenführer Hermann Fegelein* geführte *SS-Kavalleriebrigade* ermordete 1941, unter dem Deckmantel der *„Banden-bekämpfung"*, ca. 40.000 jüdische Männer, Frauen und Kinder. Der ranghohe SS-Offizier konnte für diese Kriegsverbrechen nie zur Rechenschaft gezogen werden.

Fegelein war der Ehemann von *Margarete Braun, Eva Brauns* Schwester, und gehörte somit zum näheren Umfeld von *Adolf Hitler.*

In den letzten Kriegstagen fiel er bei *Adolf Hitler* in Ungnade, wurde im Schnellverfahren durch ein hastig aufgestelltes Militärgericht wegen Fahnenflucht zu Tode verurteilt und unmittelbar darauf, am 29. April 1945, erschossen.

Aufgrund ihrer Beteiligung am Holocaust und an zahlreichen Kriegsverbrechen wurde die Waffen-SS vom Internationalen Militärgerichtshof in Nürnberg (Nürnberger Prozesse) 1946 zur verbrecherischen Organisation erklärt.

In Deutschland sind zudem die Verbreitung von Propagandamaterial und Verwendung von Symbolen der *SS* gem. §§ 86 und 86a Strafgesetzbuch strafbar.

Quelle u.a.: https://de.wikipedia.org/wiki/Waffen-SS

Daten

11. SS-Freiwilligen-Panzer-Grenadier-Division "Nordland"

Aufstellung und Werdegang der Division:

Anmerkung:

Um neue Truppen für die Front zu bilden, wurden aus neutralen Staaten sowie verbündeten oder besetzten Ländern, Freiwillige für den Dienst in der Waffen-SS angeworben. In den ersten Kriegsjahren stellte man gemäß der nationalsozialistischen Rassenideologie sog. „germanische" Einheiten auf, deren Freiwillige vorzugsweise aus nordischen Ländern, wie Dänemark oder den Niederlanden stammten.
Später rekrutierte man aus allen Ländern und füllte die Verbände mit Volksdeutschen *(vorwiegend Rumänen-Deutsche und Ungarn-Deutsche)* auf.

Die Bezeichnung „ausländische Freiwillige" war bei vielen Rekruten allerdings nicht zutreffend. Da der große Andrang in den Rekrutierungsbüros in den besetzten Gebieten aus blieb, konnten junge Männer oftmals nur unter Druck einberufen werden.
Als im Verlauf des Krieges die Verluste an den Fronten immer höher wurden, fiel es zunehmend schwerer diese klaffenden Lücken auszugleichen, weshalb man zu Zwangsrekrutierungen überging.

Diese ausländischen Freiwilligenverbände wurden zwar in die Waffen-SS integriert, allerdings klassifizierte man die Truppe ab 1943 in drei Kategorien.

I.   „ordensfähige" und „SS-taugliche" Deutsche mit dem Musterungsbefund: kriegsverwendungsfähig-SS („Leibstandarte", „Das Reich", „Totenkopf" und „Wiking")

II.   „nicht-ordensfähige" und „nicht SS-taugliche" Deutsche und Germanen,
       Musterungsbefund: kriegsverwendungsfähig-Heer
       („Nordland", „Nederland", „Langemarck" und „Wallonie")

III.   Nichtdeutsche, Nichtgermanen, gleichgültig welcher Musterungsbefund

Die Angehörigen „nicht-ordensfähiger" Einheiten der Waffen-SS durften nicht die „Sigrunen" der SS tragen, sondern hatten eigene Embleme.

Aufstellung:

Mit dem Ziel der Bildung einer neuen SS-Division, löste man im März 1943 aus der *5. SS-Panzer-Division „Wiking"* das *SS-Panzer-Grenadier-Regiment „Nordland"* heraus. Das Regiment sollte den Stamm der neuen Einheit bilden. Hinzugefügt wurde das *Freikorps "Danmark"* und die *Freiwilligen-Legion "Norwegen"*. Die erste Bezeichnung dieser neu aufgestellten Einheit lautete: *14. (germanische) SS-Panzergrenadier-Division "Nordland"*.

Die Pläne, auch Niederländer und Schweizer in die neue SS-Division zu integrieren, wurden verworfen. Stattdessen stellten vorwiegend Volksdeutsche mit rund 60 %igen Anteil das Gros der Truppe. Die namensgebenden Skandinavier stellten etwa 10 % des Personals. Die restlichen 30 % wurden aus Reichsdeutschen gebildet.

Die Einheit wurde nun in *SS-Panzergrenadier-Division 11 (germanisch)* umbenannt und erhielt nur wenig später die tatsächliche Bezeichnung: *11. SS-Freiwilligen-Panzer-Grenadier-Division "Nordland"*.

Aufstellungsorte waren anfangs der Truppenübungsplatz Mielau (Polen), dann der Truppenübungsplatz Grafenwöhr.

Noch während der Aufstellung verlegte man die neue SS-Einheit nach Kroatien, in den Raum Sisak. Dort erhielt sie, trotz fortgesetzter Ausbildung, erste Einsätze im Rahmen der Partisanenbekämpfung und wurde zur Entwaffnung italienischer Einheiten verwendet.

Bis Dezember 1943 erreichte die *11. SS-Freiwilligen-Panzer-Grenadier-Division "Nordland"* eine Stärke von nahezu 12.500 Mann, woraufhin man die Truppe an die Ostfront verlegte.

Gliederung der Division:

- SS-Panzer-Grenadier-Regiment 23 "Norge"
- SS-Panzer-Grenadier-Regiment 24 "Danmark"
- Kradschützen-Regiment SS-Panzer-Grenadier-Division 11
- SS-Panzer-Regiment 11
- SS-Panzerjäger-Abteilung 11
- SS-Artillerie-Regiment 11
- SS-Sturmgeschütz-Abteilung 11
- SS-Flak-Abteilung 11
- SS-Pionier-Bataillon 11
- SS-Nachrichten-Abteilung 11
- SS-Feldersatz-Bataillon 11
- Kommandeur der SS-Divisions-Nachschubtruppen 11
- SS-Instandsetzungs-Abteilung 11
- SS-Sanitäts-Abteilung 11
- SS-Wirtschafts-Bataillon 11

Kommandeure der Division:

März 1943 – April 1943	In den einschlägigen Quellen wird für diesen Zeitraum als Kommandeur SS-Brigadeführer und Generalmajor d. Waffen-SS *Franz Augsberger* genannt. Zeitgleich kommandierte er jedoch auch die *20. Waffen-Grenadier-Division der SS (estnische Nr. 1)*

Mai 1943 – Juli 1944	SS-Gruppenführer und Generalleutnant der Waffen-SS *Fritz von Scholz (Friedrich Max Karl von Scholz, Edler von Rarancze)*
August 1944 – April 1945	SS-Brigadeführer und Generalmajor der Waffen-SS *Joachim Ziegler*
April 1945 – Mai 1945	SS-Brigadeführer und Generalmajor der Waffen-SS *Dr. jur. Gustav Krukenberg*

Einsätze der 11. SS-Freiwilligen-Panzer-Grenadier-Division "Nordland":

1943

September - November

- Kroatien (neben der weiteren Ausbildung erste Einsätze in der Partisanenbekämpfung und bei der Entwaffnung italienischer Einheiten)

Dezember

- Leningrad – Raum Kirowa – Oranienbaumer Kessel (Transport an die Front und erste Einsätze im Abwehrkampf gegen die in ihrer Winteroffensive anstürmende Rote Armee)

1944

Januar - Februar

- Schwere Abwehrkämpfe im Leningrader Frontabschnitt sowie Rückzugskämpfe bis zur Narwa

März - Juli

- Narwa (Abwehrkämpfe gegen die Rote Armee), ab Juli
  Rückzugskämpfe bis zur Tannenberg-Stellung

August – September

- Schwere Abwehrkämpfe (u.a. Raum Peipus-See), Rückzugskämpfe während der Räumung Estlands, schwere Abwehrkämpfe im Raum Riga

Oktober – Dezember

- Kurland (schwerste Abwehrkämpfe in den sog. Kurland-
  schlachten)

1945

Januar

- Kurland (schwerste Abwehrkämpfe in den sog. Kurland-
  schlachten)
- Herausnahme aus der Front und Verschiffung über Stettin
  nach Pommern

Februar – April

- Teilnahme am Unternehmen „Sonnenwende" (sog. Pom-
  mern-Offensive) und Einnahme des besetzten Arnswalde
- anschließend heftigste Rückzugskämpfe bis Altdamm (O-
  der)
- Schwere Abwehrkämpfe bei Altdamm östlich der Oder

- Rückzug in den Raum Stettin, Verlegung in den Raum nördlich von Angermünde. Während der Weiterverlegung in den Raum Frankfurt/Oder erfolgte den Einsatzumständen entsprechend der Stellungsbezug bei Strausberg / Berlin (Abwehrstellung)
- Rückzugskämpfe bis Berlin *(die Division ist auf ca. 1.500 Mann zusammen geschmolzen)*
- Endkampf um Berlin
- Vernichtung der *11. SS-Freiwilligen-Panzer-Grenadier-Division "Nordland"* bei den Kämpfen um das Regierungsviertel
- Die wenigen Gruppen, denen der Ausbruch aus Berlin gelang, ergaben sich den amerikanischen Truppen, die an der Elbe standen.

Kriegsverbrechen:

Die *11. SS-Freiwilligen-Panzer-Grenadier-Division "Nordland"* war im Herbst 1943 bei der Partisanenbekämpfung in Kroatien eingesetzt und dort am Niederbrennen von Dörfern und an Erschießungen beteiligt.

Inwieweit die Einheit, komplett oder mit Truppenteilen, in weitere Kriegsverbrechen verwickelt war, konnte während der Arbeiten zu diesem Buch nicht explizit eruiert werden.

Es ist jedoch hinlänglich bekannt, dass die Partisanenkämpfe in Jugoslawien beiderseits mit besonderer Härte, Grausamkeit und Brutalität geführt wurden.

Quelle u.a.: https://de.wikipedia.org/wiki/11._SS-Freiwilligen-Panzergrenadier-Division_%E2%80%9ENordland%E2%80%9C

Dienstgrade der Waffen-SS im Vergleich zur Wehrmacht:

Mannschaften und Unteroffiziere

SS-Schütze *(je nach Waffengattung: SS-Kanonier, SS-Pionier, SS-Funker usw.)*	Schütze *(je nach Waffengattung: Kanonier, Pionier, Funker usw.)*
SS-Oberschütze *(je nach Waffengattung w.o.)*	Oberschütze *(je nach Waffengattung w.o.)*
SS-Sturmmann	Gefreiter
SS-Rottenführer	Obergefreiter
SS-Unterscharführer	Unteroffizier
SS-Scharführer	Unterfeldwebel
SS-Oberscharführer	Feldwebel *(Artillerie, Kavallerie: Wachtmeister)*
SS-Hauptscharführer	Oberfeldwebel *(Artillerie, Kavallerie: Oberwachtmeister)*
SS-Stabsscharführer = kein Dienstrang, sondern eine Dienststellungsbezeichnung für den Kompaniefeldwebel *(ugs. Spieß)*, auch als SS-Stabsscharführer-Diensttuer bezeichnet	Hauptfeldwebel *(Artillerie, Kavallerie, Ordnungspolizei: Hauptwachtmeister)* = kein Dienstrang, sondern eine Dienststellungsbezeichnung für den Kompaniefeldwebel *(ugs. Spieß)*, auch als Hauptfeldwebel-Diensttuer bezeichnet
SS-Sturmscharführer *(Einführung 1938)*	Stabsfeldwebel *(in der Wehrmacht 1938 als höchster Dienstrang der Unteroffiziere eingeführt)*

Offiziere

SS-Untersturmführer	Leutnant
SS-Obersturmführer	Oberleutnant
SS-Hauptsturmführer	Hauptmann
SS-Sturmbannführer	Major
SS-Obersturmbannführer	Oberstleutnant
SS-Standartenführer	Oberst
SS-Oberführer	-
SS-Brigadeführer	Generalmajor
SS-Gruppenführer	Generalleutnant
SS-Obergruppenführer	General
SS-Oberstgruppenführer	Generaloberst

Es war bei offiziellen Anlässen geläufig, auf Generalsebene den Rang doppelt zu nennen: z.B. *„SS-Brigadeführer und Generalmajor der Waffen-SS"*

Offiziersanwärter

FA = Führeranwärter   OA = Offiziersanwärter

SS-Junker FA	Fahnenjunker (Unteroffizier) OA
SS-Oberjunker FA	Fähnrich OA
SS-Standartenjunker FA	Fahnenjunker (Feldwebel) OA
SS-Standartenoberjunker FA	Oberfähnrich OA analog hierzu auch der Unterarzt *(im Sanitätsdienst)*

Die Panzerjägerkompanie:

Bild 146 – Waffen-SS mit Panzerabwehrkanone (5-cm-Pak 38) und VW Kübelwagen mit Haken-kreuz-Flagge auf einer Straße, ein Maschinengewehrposten mit MG 34 seitlich sichernd, Fotograf: ohne Angabe, 1941/1944, Bundesarchiv, Signatur: Bild 146-1970-025-28

In der Wehrmacht verfügte jedes der drei Infanterie-Regimenter einer Division über eine Panzerjägerkompanie. Sie wurde vornehmlich zur Panzerabwehr eingesetzt.

Aufbau einer Panzerjägerkompanie:

- Kompanieführer mit Kompanietrupp (13 Mann) motorisiert mit Pkw und Krädern
- 4 Züge
- Gefechtstross mit Pkw, einer großen Feldküche und 3 Lastwagen

Bewaffnung:

- 12 Panzerabwehrkanonen (PaK)
- 4 leichte Maschinengewehre
- 86 Gewehre
- 4 Maschinenpistolen
- 10 Pistolen

Stärke eines PaK-Zuges:

- Zugführer mit Zugtrupp (7 Mann)
- 3 PaK (Geschützbedienung: 6 Mann – Geschützführer, Richtschütze, Ladeschütze, zwei Munitionsschützen, Fahrer des Zugfahrzeuges)
- 1 lMG-Trupp (3 Mann)

Zugfahrzeuge:

- zweiachsiger mittlerer Kübelwagen
- dreiachsiges, geländegängiges Protz-Fahrzeug Kfz 69
- Opel-Lkw
- leichte Halbketten-Zugmaschinen (bei 5cm – PaK)
- Raupenschlepper Ost (bei den schweren 7,5 cm PaK)

Einsatz:

- Panzerabwehr
- Infanterieabwehr
- Bekämpfung von befestigen Anlagen (Bunker, Feldstellungen)

Anmerkung:

Übergeordnet, verfügte jede Division zudem über eine Panzerjägerabteilung mit einer Anfangsstärke von 550 Mann. Die Waffenfarbe war: rosa

Die Abteilung war voll motorisiert und gliederte sich wie folgt:

- Stab mit Nachrichtenzug
- 3 Kompanien (36 Pak und 18 leichten Maschinengewehren)
- Gefechtstross
- Verpflegungstross
- Gepäcktross

Erläuterung zum Roman

Am 16. April 1945 begann das Ringen um Berlin. Die harten und erbarmungslos geführten Kämpfe der deutschen Truppen gegen die ebenso hartnäckig kämpfende Rote Armee, gingen als die letzte bedeutungsvolle Schlacht in die Geschichte des Zweiten Weltkriegs ein.

Das Kräfteverhältnis war mehr als unausgeglichen. Auf deutscher Seite standen geschätzte 800.000 Soldaten der zweieinhalbfach überlegenen Armee der Sowjetunion (unterstützt von polnischen Einheiten) gegenüber.

Während die Rote Armee, unter den Kommandos von *Marschall Schukow* und *Marschall Konew*, über rund 6.000 Panzer, mehr als 7.000 Flugzeuge und über etwa 10.000 Artilleriegeschütze verfügte, fehlte bei den Verteidigern der Reichshauptstadt eine nennenswerte Luftwaffenunterstützung. Ebenso stand den Deutschen kaum Artillerie zur Verfügung. An Panzern konnten die Kräfte des Deutschen Reichs lediglich rund 800 Stück für den Kampf um Berlin einsetzen.

Unter den Oberbefehlen von *Generaloberst Gotthard Fedor August Heinrici,* *General der Artillerie Helmuth Otto Ludwig Weidling und SS-Brigadeführer und* *Generalmajor der Waffen-SS Wilhelm Mohnke,* traten die stark angeschlagenen Wehrmachts- und SS-Einheiten sowie des Volkssturms (bestehend aus militärisch vollkommen unerfahrenen Kindern, Jugendlichen und über sechzigjährigen Männern), die Schlacht gegen den übermächtigen Gegner an.

Es wurde verbissen um jedes Haus und um jeden Straßenzug gekämpft.

Der Irrsinn dieser letzten großen Schlacht des Zweiten Weltkriegs ist kaum zu begreifen. Die Verlustzahlen sind erschreckend hoch. In den Ruinen Berlins starben in den letzten drei Kriegswochen rund 92.000 deutsche Soldaten. Geschätzte 200.000 Landser wurden verwundet. Die Zahl der zivilen Opfer kann nicht exakt eingegrenzt werden. Schätzungen gehen von mehreren zehntausend Menschen aus. Etwa 480.000 Soldaten begaben sich in sowjetische Kriegsgefangenschaft. Seitens der Roten Armee und der unterstützenden polnischen Armee fielen ca. 87.000 Soldaten und etwa 280.000 wurden verwundet.

Während die Kräfte des deutschen Reichs sämtliches Material verloren, musste die Rote Armee (inkl. der polnischen Unterstützung) den Verlust von mehr als einem Drittel ihrer Panzer, rund 10 Prozent ihrer Luftflotte und einen beachtlichen Teil ihrer Artilleriegeschütze verzeichnen.

Auch die *11. SS-Freiwilligen-Panzer-Grenadier-Division „Nordland"* zog sich sukzessive vom Brückenkopf Stettin-Altdamm bis nach Berlin zurück. *(Bezüglich der Stärke der Einheit schwanken die einschlägigen Quellen zwischen 30 % der Sollstärke und 1.500 Mann, also rund 10 % der Sollstärke.)*

In den Trümmern der sterbenden Reichshauptstadt stellten sich die Männer der Division dem übermächtigen Gegner. Es war die letzte Schlacht der „Nordland". Die Division wurde im Kampf um Berlin vernichtet.

Diese höllischen Tage werden anhand der Geschichte eines Rottenführers der *Panzer-Jäger Abteilung 11*, der sich zum Kampf gegen die Sowjetunion freiwillig verpflichtet hatte und viel zu spät erkannte, dass er ein Werkzeug des Bösen war, nacherzählt.

Fehlen im Romanteil Angaben zu möglichen Verbrechen, wird die beschriebene Einheit zu gut oder zu kameradschaftlich dargestellt, so möchte ich ausdrücklich betonen, dass dies die Sichtweise des Veteranen war, der mir seine erlebte Geschichte anvertraute, um den späteren Lesern einen Einblick in eine dunkle Zeit zu gewähren, und zwar aus Sicht eines Angehörigen der Waffen-SS.

Dennoch darf man niemals außer Acht lassen, dass die Waffen-SS zur verbrecherischen Organisation erklärt wurde! (siehe Vorwort)

Quelle u.a.: https://de.wikipedia.org/wiki/Schlacht_um_Berlin

Bis auf historische Persönlichkeiten sind alle Namen frei erfunden. Jegliche Ähnlichkeiten mit realen Personen wären rein zufällig.

Brennendes Berlin – die letzte Schlacht der „Nordland"

Der Marsch war extrem anstrengend. Längst schleppten sich die Männer mehr durch die kalte Nacht als sie marschierten. Schritt für Schritt, Stiefelspanne um Stiefelspanne kamen sie ihrem Ziel näher. Abgekämpft wie sie waren, glichen die Soldaten der Waffen-SS im fahlen Mondlicht eher der sich zurückziehenden, geschlagenen *Grande Armée* Napoleons als der schillernden Hoffnung Berlins.

Die Reichshauptstadt musste verteidigt werden. Seit zwei Tagen kreuzten die Schlachtflieger mit den roten Sternen an Tragflächen und Rümpfen über sie hinweg. Die russische Luftwaffe flog Angriff auf Angriff gegen die Verteidigungslinien in und um Berlin. Hinzu kam das Donnern der sowjetischen Geschütze. Dieses unnachahmliche Grollen schien auch in den entlegensten Winkel des am Boden liegenden Deutschen Reichs zu dringen.

Zwar verfügte die stark angeschlagene *11. SS-Freiwilligen-Panzer-Grenadier-Division „Nordland"* noch über genügend Fahrzeuge, doch ausgerechnet zwei Lastwagen der *Panzer-Jäger,* die die Nachhut stellten, waren liegen geblieben. Einmal mit Getriebeschaden und einmal mit Achsbruch. Die Flüche und Schimpfkanonaden der Männer waren nicht zu überhören und schienen kein Ende zu nehmen.

„Verdammte Scheiße!"

„Auch das noch!"

„Warum passiert immer mir so etwas?"

Da weit und breit kein Instandsetzungskommando verfügbar war, wurden zwangsläufig Ausrüstung und Munition umgeladen. Den Landsern, die durch die Fahrzeugpannen ihren Sitzplatz verloren, blieb nichts anderes übrig als zu Fuß dem großen Tross zu folgen. Mürrisch waren sie vor Stunden in den gleichmäßigen, soldatischen Schritt gefallen, den sie schon bei der Grundausbildung kennen und hassen gelernt hatten. Je länger sie marschierten, desto ruhiger wurde es. Gespräche wurden eingestellt und sogar das Schimpfen und Fluchen verebbte.

Es war nasskalt und Nebelfelder lagen wie zerfetzte, bewegliche Decken über dem Land. Ungemütlich kroch die Kälte unter die zerschlissenen Mäntel und setzte sich fest.

Die Blicke waren leer, die Gesichter aschfahl. Atemdunst stand vor den Mündern. Stahlhelme baumelten an den Tornistern. Die Köpfe der Männer waren mit Feldmützen und Schals oder den mit Kaninchenfell bezogenen Pelzmützen bedeckt. An der Stirnseite der Kopfbedeckungen befand sich das Emblem des Reichsadlers mit Hakenkreuz, darunter prangerte der Totenkopf. Das Zeichen, unter dem die Waffen-SS Tod und Verderben nach Europa trug. Am rechten Kragen der Feldblusen befand sich am Kragenspiegel das markante *„Sonnenrad"* der Division. An den linken Unterärmeln war ihr Band genäht: *„Nordland"*. Darüber befand sich die dänische Fahne in der Ausführung der Reichszeugmeisterei.

Einige Freiwillige trugen es voller Stolz, anderen hingegen, zumeist den zwangsrekrutieren Soldaten, war es egal. Für sie hatte es lediglich die Verbandsbedeutung ihrer Einheit und sonst nichts.

Der Oberscharführer ließ halten. Eine halbherzig ausgeführte Handbewegung reichte und die Männer blieben stehen. Eine Taschenlampe wurde angeknipst, eine zerfledderte Landkarte herausgezogen. Der schwache Lichtkegel wanderte über das Papier. Der Zeigefinger des Oberscharführers lag auf einem Punkt. Er sprach den Rottenführer an, der dicht neben ihm stand.

„Links von uns liegt der kleine Weiler, den ich vorhin erwähnt habe. Heger, du bleibst mit deiner Truppe hier und deckst den weiteren Rückzug ab. Nordwestlich von Strausberg liegen unsere Pioniere, die anderen Grenadiere kommen aus dem Raum Garzin. Wenn der Iwan sich blicken lässt, weißt du was zu tun ist."

Heger nickte leidenschaftslos.

Der aus Coburg stammende Rottenführer war vor knapp einem Jahr zur „Nordland" gestoßen. Nach einer Verwundung und der anschließenden Genesung wurde er mehr unfreiwillig als freiwillig zur *Panzer-Jäger Abteilung 11* versetzt.

Längst hätte der mehrfach wegen Tapferkeit ausgezeichnete Soldat der Waffen-SS den Rang eines Scharführers haben können, doch seine Geradlinigkeit, verbunden mit der fränkischen Sturheit ließen ihn, auch in heiklen Situationen, vor Vorgesetzten nicht den Mund halten. Auch nicht, wenn dies das eine oder andere Mal angebracht gewesen wäre.

Das war wohl auch der Grund, weshalb er seine Stammeinheit verlassen musste. Heger hatte es gelassen hingenommen. „Gestorben wird überall gleich", hatte er sich damals von seinem Spieß verabschiedet.

Der Rottenführer winkte seine Männer zu sich. „Sörensen, Jancea und Rasmussen, rechts raus und zu mir kommen", raunte er unmissverständlich.

Bewegung kam auf, als die Männer vom Panzernahkampftrupp aus dem Zug heraustraten und sich zu Heger gesellten. Sie sahen verwegen aus mit ihren unrasierten Gesichtern, behängt mit Panzerfäusten, Hand- und Nebelgranaten, Sturmgewehren und Munitionstaschen.

„Ihr habt den Befehl des Oberscharführers gehört. Wir bleiben hier und ärgern den Iwan!"

Der Auftrag war unbeliebt und gefährlich, dennoch verspürte Heger eine gewisse Art von Zufriedenheit. Vermutlich rührte es daher, dass er hundemüde war und zudem seine Füße schmerzten.

Ich hätte die neuen Schnürstiefel besser einlaufen müssen, schimpfte er sich im Stillen selbst und befürchtete, sich ein paar Blasen zu erlaufen, falls sich nichts änderte. Eine Ruhepause war dahingehend mehr als willkommen. Außerdem war noch die Hoffnung vorhanden, der Russe könnte eine andere Route wählen. Ohne Feindkontakt hätten sie die Ruhe, die sie dringend benötigten, um wieder zu Kräften zu kommen.

„Wenn die roten Brüder ausschließlich mit Panzern vorrücken, seid ihr hier am sichersten aufgehoben", sprach der Oberscharführer weiter und zeigte auf zwei eingezeichnete kleine Gewässer. „Da liegen der Bötzsee und der Fängersee. Um diese Jahreszeit dürfte es rund um die beiden Seen auf jeden Fall morastig sein. Da kommt kein T 34 und erst recht kein Stalin II durch! Die fahren sich fest!"

„Hoffen wir mal das Beste."

„Wir sind die Letzten am Feind", der Zugführer machte eine Pause. Drei Packkästen mit T-Minen wurden abgestellt. Die Träger atmeten auf. „Mann, bin ich froh, dass ich das Zeug nicht mehr mitschleppen muss", meinte einer der Träger. Die Erleichterung war ihm regelrecht anzusehen.

Der Rottenführer nickte zufrieden und sah Heger an. „Das ist noch für euch. Vermint die Straße an geeigneten Stellen!"

„Wie lange sollen wir hier bleiben?", fragte Heger.

„Entweder bis zu einem möglichen Feindkontakt oder aber, wenn sich der Iwan Zeit lässt, folgt ihr uns heute gegen Abend. Ich würde sagen, sobald es dunkel wird zieht ihr los. Bis dahin dürften wir Berlin erreicht haben. Es sind noch gute 30 Kilometer bis dorthin."

„Wo finden wir euch?"

Der Oberscharführer kratzte sich am Kopf. „Ich muss selbst erst den Bataillons-Gefechtsstand suchen. Es wird wohl das Klügste sein, ihr fragt euch durch."

„Habt ihr ein Funkgerät übrig?"

„Du meinst eine Dorette?"

„Klar, außer du lässt mir ´nen Nachrichtenmann hier."

Der Oberscharführer lachte und schüttelte den Kopf. „Nee, Heger. Die Funker brauche ich selbst, aber eine Dorette kannst du haben."

Einer der Nachrichtensoldaten hatte das Gespräch mitverfolgt und kramte den Kleinfunksprecher hervor. Nachdem er die Dorette in der Hand hielt, prüfte er das Gerät. Anschließend reichte er es dem Rottenführer. „Ist genügend Saft drauf, aber viel wird dir das Ding nicht helfen. Die Reichweite liegt nur knapp über einen Kilometer."

„Weiß ich, aber ein Kilometer kann auch über Tod und Leben entscheiden", antwortete der Rottenführer, nahm die Dorette und schob sie in die Manteltasche.

Der Oberscharführer schob den Nachrichter beiseite und verabschiedete sich mit Handschlag. Danach drehte er sich um und marschierte los.

„Vorwärts Kameraden, wir müssen weiter!"

Während ihre Kameraden weitermarschierten, um den Anschluss an das Gros der Nordländer zu halten, suchte sich der Panzernahkampftrupp einen geeigneten Platz.

„Kommt her, ich denke, hier ist es ganz gut", meinte Rasmussen nach nur wenigen Minuten.

Kurz darauf wurden die Panzerfäuste griffbereit beiseite gelegt. Ebenso landeten die Sturmgewehre 44, mit denen die Jäger ausgerüstet waren sowie die Hand- und Nebelgranaten im feuchten Gras. Absetzen und stöhnen. Endlich Pause. Sie waren müde, kaputt, kraftlos.

„Es dauert bestimmt noch drei oder vier Stunden bis es hell wird. Ich übernehme die erste Wache, wir wechseln uns ab, so kann jeder noch ein wenig schlafen", schlug der Rottenführer vor.

„Alles klar."

„In Ordnung", wurde gemurmelt.

Keine fünf Minuten später hörte der Rottenführer ein leises Schnarchen. Heger zog seine Stiefel aus und begann seine Füße zu massieren. Mit Fingern und Daumen knetete und strich er über die Stellen, die schmerzten. Eine Wohltat. Das Schnarchen wurde lauter.

„Jancea, schnarch nicht so laut", murmelte der Däne Sörensen und verkroch sich unter seiner Zeltbahn.

Im Halbschlaf schien der aus Rumänien stammende Volksdeutsche Jancea die Aufforderung seines Kameraden verstanden zu haben. Er drehte sich zur Seite und das Schnarchen hörte auf.

Heger zog eine Packung *Overstolz* unter seiner Wintertarnjacke hervor. Der SS-Mann trug das Rauchtarnmuster der Wendejacke nach außen. Die verschwommen wirkenden Brauntöne ließen ihn gerade zu dieser Jahreszeit regelrecht mit der Umgebung verschmelzen. Schon oft dachte er an die Worte seines damaligen Ausbilders: „Die richtige Tarnung kann über Leben und Tod entscheiden."

Die Flamme des Sturmfeuerzeugs flackerte kurz in der hohlen Hand. Orangerot glühte der verbrennende Tabak. Der erste Zug der Zigarette wurde tief in die Lunge gesogen, um stoßweise wieder ausgeatmet zu werden.

Warum, fragte er sich leise im Gedanken. *Warum die ganzen Opfer?*

Erinnerungen krochen hoch. Niemand von ihnen verstand, weshalb man die *11. SS-Freiwilligen-Panzer-Grenadier-Division „Nordland"* am Brückenkopf Stettin-Altdamm verbluten ließ. Sie hatten sich eingegraben und waren bereit, den Frontabschnitt bis zum letzten Tropfen Blut zu verteidigen. Das kleine Stück Land im Frontabschnitt des Brückenkopfes Altdamm sollte die Ausgangsposition für eine Gegenoffensive werden. Von dort aus war der Vorstoß auf Danzig geplant und deshalb musste Altdamm um jeden Preis gehalten werden. Immer wieder griff die Rote Armee an und wuchtete mit dem massiven Trommelfeuer ihrer Artillerie in die Reihen der Verteidiger. Welle um Welle der Schlachtflugzeuge brauste über ihre Köpfe hinweg. Es regnete Bomben auf die eingegrabe-

nen Soldaten. Die Erde wurde regelrecht umgepflügt und kostete etlichen Kameraden das Leben. „Unsere Opfer sind nicht umsonst", wurde geschrien. „Haltet durch! Der Führer lässt uns nicht im Stich!" Latrinenparolen machten die Runde. Es wurde von neuen Verbänden gesprochen. Sie sollten schnell herangeführt werden und mit Hilfe von Geheimwaffen die Sowjets weit über Moskau hinaus zurücktreiben. „Danzig ist nur der Anfang der neuen Offensive!"
Der Idealismus saß in den Köpfen der Soldaten der Waffen-SS fest. Vielleicht war es aber auch nur die Hoffnung nicht vom verhassten Iwan überrannt zu werden, die alle Parolen trotz besseren Wissens als realistisch erscheinen ließ.

Als die Division im März 1943 in Deutschland aufgestellt wurde, scheiterte Himmlers Vorhaben, ein rein germanisches SS-Korps zu bilden. Es fehlten die Freiwilligen aus den sogenannten Nordländern, wie dem neutralen Schweden, Dänemark oder Norwegen. Deshalb wurde neben den vorhandenen Kriegsfreiwilligen aus Skandinavien und dem deutschen Rahmenpersonal das Gros der Truppe von Volksdeutschen aus Rumänien gestellt.
Der Divisionskommandeur, *SS-Brigadeführer und Generalmajor der Waffen-SS Fritz von Scholz*, formte entgegen erster Befürchtungen eine schlagkräftige Truppe. Die Soldaten der *11. SS-Freiwilligen-Panzer-Grenadier-Division „Nordland"* standen nach Ende ihrer Ausbildung im Dezember 1943 bis zur ihrem Untergang im Mai 1945 permanent an der vordersten Front. Als Ehrbezeichnung stand die *SS-Panzer-Division „Wiking"* Pate und überließ der „Nordland" als Divisions-Abzeichen das von ihr bis dahin getragene Sonnenrad. Die „Nordländer" präsentierten voller Stolz das überlassene Symbol.
Als der Befehl zur Verteidigung der Reichshauptstadt einging, hatte die Division „Nordland" bereits mehr als zwei Drittel ihrer Kampfkraft verloren. Mit nur 30 Prozent ihrer ursprünglichen Sollstärke zogen die Soldaten der *11. SS-Freiwilligen-Panzer-Division* in ihre letzte Schlacht, dem Endkampf um Berlin.

Es war bereits taghell, als Heger leicht fröstelnd aufwachte. Jancea, der Volksdeutsche, trat aus einem Gebüsch und grinste. „Ist ein guter Platz, den der Oberscharführer gestern für uns ausgewählt hat. Von dort oben …", er deutete auf eine alte Eiche mit mächtigen Astverzweigungen, „… haben wir gute Aussicht. Vor uns sind die Wiesen weich und matschig

und dort …", jetzt deutete er hinter sich, „… ist scheinbar dichtes Wald-
gebiet. Alles schlechtes Gelände für Panzer."

Heger kapierte anfangs gar nichts und rieb sich die Augen. Als nächstes
sah er auf seine Armbanduhr. „Halb Zehn", murmelte er verschlafen.
„Ist alles ruhig?"

Jancea nickte. „Alles ruhig! Kein Iwan zu sehen."

„Seit wann bist du wach?", der Rottenführer setzte sich auf und schlug
die Zeltbahn zur Seite. Er schlüpfte in Erwartung von schmerzenden
Füßen in seine Schnürstiefel und verharrte für ein paar Sekunden. Keine
Schmerzen. Ein gutes Zeichen. Er würde wohl keine Blasen bekommen
und konnte somit problemlos weiter marschieren.

„Ich habe die letzte Wache übernommen und aufgepasst! Das war um 6
Uhr."

Heger hätte sich gern gewaschen oder wenigstens die Zähne geputzt,
aber beides war im Moment nicht möglich. Das Gefühl von Dreck und
Ungepflegtheit war ekelhaft. Die Landser steckten seit mehr als zehn Tagen in den Uniformen und entsprechend fühlten sie sich.

„Ein Wunder, dass uns die Läuse noch in Ruhe lassen", lachte Heger und
war froh, dass seine Kameraden genauso stanken wie er selbst, denn nur
so konnte man sich gegenseitig ertragen.

„Vielleicht verhalten sich die Läuse so wie die Ratten. Sie verlassen das
sinkende Schiff", kommentierte Jancea.

„Keine Angst, Kamerad. Die Biester würden uns mit Begeisterung aus-
saugen. Sie haben uns nur noch nicht gefunden."

„Dann wird es nicht mehr lange dauern. Meine Uniform wächst schon
an meine Haut", grinste der Volksdeutsche.

Heger hatte die Stiefel zugeschnürt und war aufgestanden. Er rollte die
Zeltbahn zusammen und blickte zu den beiden anderen Landsern, die
immer noch schlafend auf dem Boden lagen und sich nicht rührten.
„Auf, Kameraden! Wir haben zu tun!", rief er in militärischem Weckton.
Stöhnend und gähnend kamen Sörensen und Rasmussen der Aufforde-
rung ihres Rottenführers nach. Heger griff zu seiner Feldflasche. Kalter
Tee rann seine Kehle hinunter und brachte logischerweise nicht den ge-
wünschten wärmenden und wohltuenden Effekt. Er steckte sich eine
Overstolz an und bildete sich ein, dass die Zigarette ein wenig von innen
wärmte. „Jancea, wie war das mit dem Baum?"

„Gute Aussicht, habe ich gesagt."

„Dann rauf mit dir!", befahl Heger und warf seinem Kameraden ein
Fernglas zu.

Der Rumänendeutsche fing den Feldstecher und grinste. „Zu Befehl, Herr Rottenführer", scherzte er und kletterte auf die Eiche.

„Meinst du, wir können ein Feuer machen? Ich habe in meinem Brotbeutel noch ...", schlug Sörensen vor, wurde aber mitten im Satz unterbrochen.

„Vergiss es! Das Holz ist pitschnass und der Rauch wäre Kilometerweit zu sehen. Selbst wenn der Iwan eine andere Strecke benutzt, garantiere ich, dass entweder eine *Iljuschin* oder eine *Jak* auftaucht und uns Feuer unterm Hintern macht. Oder die russische Ari benutzt den Rauch als Zielübung für ihre *ZIS-3 Feldgeschütze!*"

„Ich meinte ja nur, musst nicht gleich so aufbrausend sein", entschuldigte sich der Däne.

„Ich werde erst mal was futtern und das würde ich euch auch raten. Wenn der Iwan tatsächlich hier auftaucht, haben wir die nächsten 30 Kilometer garantiert keine Möglichkeit mehr dazu", war der Kommentar von Rasmussen. Rasmussen war zwar Deutscher, doch sein Ur-Großvater stammte aus Holland und vererbte den Nachnamen von Generation zu Generation weiter. Er war freiwillig zur Waffen-SS gegangen und der Jüngste des Panzernahkampftrupps.

Jetzt verspürten auch die anderen eine Leere in ihrer Magengegend. Die Brotbeutel wanderten auf die Schöße der Männer. Sie hatten Dauerbrot statt der üblichen Kommissbrote erhalten. Sörensen schraubte eine Tube mit Käse auf. „Lecker", grinste der Däne und drückte auf das hintere Ende. Sorgfältig verteilte er Käsestreifen auf einer Scheibe Brot, dann schraubte er die Tube wieder zu, nahm eine zweite Brotscheibe und klatschte sie auf die erste. „So wird der Käse breit gemacht und ich spare mit das Verschmieren mit dem Messer", klärte er Rasmussen auf, der seinem Kameraden wie gefesselt bei der Frühstückszeremonie zusah. Erst als Sörensen genüsslich kaute, holte der Deutsche eine Dose mit Leberwurst aus dem Brotbeutel.

„Wollen wir uns eine Dose teilen? Dann müssen wir nicht mit zwei offenen Leberwurstdosen herumrennen", fragte er und sah dabei Heger an. Der Rottenführer nickte. Die Dose wanderte hin und zurück. Stumm aßen die Männer ihr karges Mahl.

Nach dem Frühstück war die Lage immer noch ruhig. Heger überlegte, ob es überhaupt Sinn machte die Straße zu verminen, entschied sich dann aber dennoch dafür. Die von ihnen benutzte Strecke war nicht geteert und unter dem zumeist aus Schotter bestehendem Straßenbelag ließen sich die T-Minen wunderbar vergraben.

Routiniert wählten sie ein paar geeignete Stellen aus und gruben Teller-minen ein. Zwischenzeitlich wurde auch der Posten auf dem Aussichts-baum abgelöst. Der Däne hatte Janceas Platz eingenommen und hielt Ausschau nach heranrückenden russischen Truppen.

Heger war zufrieden. „So, das war´s. Jetzt wird's ordentlich rumsen, wenn die Iwans hier mit ihren Panzern drüber rollen", sagte er und blickte leicht beunruhigt nach oben. Ein schwaches Summen, ähnlich dem eines Bienenschwarms, war zu hören. Das Geräusch schwoll lang-sam an. Sekunden später wusste der Rottenführer was los war. „Geht in Deckung!", rief er seinen Kameraden zu.

Blitzartig huschten die Landser dicht an die Bäume. Hier waren sie gut sichtgeschützt und von oben nur schwer erkennbar. Alle stierten in den Himmel. Ein Pulk Flugzeuge tauchte auf. Erst waren es kleine dunkle Punkte, dann nahmen sie erkennbare Formen an.

„Das sind Sowjets!"

„Alles andere hätte mich auch gewundert.

„Sturmoviks", stieß Jancea aus.

„Oder Pe2 und ein paar Jaks."

„Ist doch egal. Sie kommen jedenfalls aus Richtung Berlin", meinte He-ger.

„Glaub ich nicht. Dort müsste doch allerhand Flak stehen. Am helllich-ten Tag wäre das Selbstmord für die Piloten", entgegnete Rasmussen.

Heger starrte den jungen SS-Mann ungläubig an. „Du glaubst wohl auch noch an den Weihnachtsmann!"

Das war wieder einer dieser berüchtigten Sprüche, die ihn an den Mann-schaftsdienstgrad fesselten.

„Wie meinst du das?", kam sofort die Nachfrage.

„So, wie ich es gesagt habe", unterstrich der Rottenführer seine Aussage. „Du wirst schon sehen, Heger. Wenn ich als Untersturmführer an dir vorbei gehe, wirst du mich immer noch als Rottenführer grüßen. Wenn überhaupt! Deine Einstellung kann dich auch ganz schnell vor ein Kriegsgericht bringen."

„Den Offiziersrang bringt dir der Osterhase und ich sehe hier weit und breit kein Kriegsgericht, oder willst du mich verpfeifen oder am Ende noch selbst exekutieren? Quasi Standgericht und Vollstreckung des Ur-teils durch den allmächtigen Rasmussen!", stichelte Heger weiter.

Rasmussen kam jetzt ganz nah zu dem Führer der Panzernahkampf-gruppe. „Deine Aussagen grenzen an Wehrzersetzung!"

„Papperlapapp", rief jetzt Sörensen vom Baum herunter. „Du kennst doch Heger! Wenn jemand Wehrzersetzung betreibt, kämpft er dann wie ein Löwe für Führer, Volk und Vaterland?"

„Oder gegen den Bolschewismus und Kommunismus?", fügte Jancea hinzu, der nun ebenfalls Partei für seinen Truppführer ergriff. Rasmussen stutzte. Sein Blick fiel auf Hegers Brust. Die Tarnjacke war geöffnet und das Ordensband für das EK II, getragen im Knopfloch der Feldbluse, schimmerte hervor. Das allgemeine Sturmabzeichen und das vor drei Monaten verliehene EK I hefteten an der Brust des Rottenführers. Er hatte es einfach dort belassen. Zudem war Heger Träger des Panzervernichtungsabzeichens in Gold. Während der junge Soldat dem kriegserfahrenen Truppführer gegenüberstand und ihn musterte, schienen tausend Gedanken durch seinen Kopf zu rasen. Eigentlich bewunderte er den Rottenführer. Einzig allein regten ihn die saloppen Sprüche Hegers auf. Sie passten nicht zum Bild des braven SS-Soldaten. „Ich …", begann er stockend, „… ich glaube, dass die ganze Situation … ich meine …", rang er nach den richtigen Worten.

„Schon gut, Rasmussen …", beschwichtigte Heger, „… seit wir gesehen und gehört haben, was der Iwan in Ostpreußen mit unseren Flüchtlingen alles gemacht hat, ist nichts mehr normal. Frauen, Kinder …", schluckte Heger und sprach den Satz nicht zu Ende. Geballte Wut kroch bis in die letzte Faser seines Körpers.

Die Grausamkeiten beider Kriegsparteien hatten sich grotesk aufgeschaukelt und waren an Widerwärtigkeiten nicht zu überbieten. Der Rottenführer wusste um viele Dinge, die im Krieg geschehen waren. Er wusste auch um die Gräuel der deutschen Soldaten, insbesondere von Einheiten der Waffen-SS. Es widerte ihn an. Er betrachtete sich selbst als einen anständigen Soldaten, der stets seine Pflicht erfüllt hatte. Rauben, morden und vergewaltigen waren für ihn nicht akzeptable Verbrechen. Er war sich sicher, dass er jeden Täter, egal welche Uniform dieser tragen würde und welchen Rang er hätte, den er bei so einer Grausamkeit ertappt, sofort erschießen würde. Seit längerem schon stellte er sich stets die gleichen Fragen. *Wie konnte es soweit kommen? Wann wurden wir zu Tieren? Wo blieb die Menschlichkeit? Bin ich ein Teil dieser grausamen Welt?* „Der Krieg ist entartet, Kamerad. Nichts ist so wie es vorher war und es wird auch nie wieder so werden", murmelte er und kehrte aus seiner Gedankenwelt zurück in die Realität.

*Bild 146 – Grenadiere der Waffen-SS in Bereitstellung, im Vordergrund Soldat mit Gewehr mit auf-
gepflanztem Bajonett, eine Zigarette rauchend, Fotograf: ohne Angabe, 1942/1944, Bundesarchiv, Signatur: Bild 146-1973-115-12*

„Wenn es uns gelingt, mit der versprochenen Reserve …", meinte Ras-
mussen.
„Ruhe! Ich sehe was!", warnte Sörensen.
Augenblicklich verstummten die Landser. Heger ging rüber zur Eiche.
„Was ist los?"
„Etwas schlängelt sich die Straße entlang", zischte der Däne und hob
wieder das Fernglas an die Augen. „Sie kommen!"
Dieser Spruch reichte aus, um alle auf den Boden der Tatsachen zurück
zu holen. Man konnte noch so lange Soldat mit Fronterfahrung sein, vor
jedem Feindkontakt raste der Puls nach oben und der Herzschlag schien
sich zu verdreifachen.
„Runter!"
Sörensen kletterte vom Baum.
„Hast du auch Infanterie gesehen?"

„Nein! Nur Panzerfahrzeuge, aber keine T 34, die erkenne ich im Schlaf! Es waren auf jeden Fall drei, vielleicht auch vier Kampfwagen."

„Was für welche?"

„Könnten Spähpanzer gewesen sein. Es ging alles so schnell."

Heger grübelte. „Klar", sagte er schließlich. „Bevor sie ihre Kampfpanzer nach vorn jagen, lassen die Iwans erst einmal die *BA 64* aufklären. Die sind schneller und verfügen zumeist über Funk!"

„Und jetzt?"

„Wir werden von hinten zuschlagen. Das heißt, wir gehen den Russen ein Stück entgegen. Zuerst lassen wir die ersten beiden Fahrzeuge passieren, knallen dann Nr. 3 und Nr. 4 ab und kümmern uns danach um die vorderen beiden Stahlsärge!"

„Und wenn doch Infanterie dabei ist?"

„Dann schießen wir den vordersten Panzer ab und türmen!"

Nachdenkliche Gesichter. Nur Sörensen nickte. „Alles klar!"

„Falls wir uns verlieren sollten, treffen wir uns am Westufer des Bötzsees. Es bleiben immer zwei Mann beieinander!"

Sie räumten ihre Sachen zusammen. „Nehmt alles mit was ihr braucht. Ich weiß nicht, ob wir noch einmal hierher zurückkommen. Möglicherweise müssen wir schnell türmen!"

Die Zeltbahnen wurden zusammengerollt und auf die Tornister geschnallt. Als die Soldaten mit dem Packen fertig waren, schnappten sie sich ihre Waffen.

„Jancea und Rasmussen, ihr blendet, falls wir näher ran müssen! Sörensen, du und ich knacken die Panzer! Wer nehmen die Panzerfäuste und heben die T-Minen mit Ankerhaken und die Haftladungen besser auf. Die BA 64 sind nicht so stark gepanzert wie die Kampfpanzer."

„Ist gut", bestätigte der Däne.

Auch die anderen hatten verstanden und zeigten dies per Handzeichen an. Es ging los. Sie bewegten sich seitwärts entlang der Straße. Im Unterholz fanden sie schließlich beste Deckung.

Bis zu den sechs ausgelegten Minen auf der Straße waren es von ihrer Position aus noch etwa hundert Meter. Eine perfekte Stelle für einen Hinterhalt. Die Feldmützen waren den Stahlhelmen gewichen. Die Panzerjäger hoben sich dank des Tarnmusters der Uniformen kaum von ihrer Umgebung ab. Alles schien perfekt zu sein. Das Warten begann. Sie wussten, dass es nicht lange dauern würde und dennoch war es ein immer wieder kehrendes Nervenspiel.

Würde das Überraschungsmoment ausreichen? Konnten sie zuschlagen, den Feind vernichten und sich ohne Verluste zurückziehen? Oder …?
An das ‚oder‘ wollte in diesen Minuten keiner denken. Es wurde verdrängt. Jeder der Männer verarbeitete diese Extremsituation vor dem Kampf anders. Heger atmete flach und konzentrierte sich auf die Straße. Rasmussen bekam feuchte Hände. Jancea spürte, wie sein Magen rebellieren wollte, hatte sich aber im Griff und Sörensen zitterten die Knie. Die russischen Panzerspähwagen näherten sich nur langsam. Heger lag mit seiner Einschätzung richtig. Es handelte sich um BA 64. Der Truppführer lugte durch seine Deckung und erkannte, dass es drei Fahrzeuge waren, die sich unaufhaltsam auf sie zu bewegten. Der Rottenführer rechnete nicht damit, dass die geländegängigen Erkundungspanzer ins offene Gelände einschwenken würden. Sie blieben ganz sicher auf der Straße. Er deutete dies seinen Kameraden an, indem er drei Finger hochstreckte und danach mit gestrecktem Zeige- und Mittelfinger eine vertikale Vorwärtsbewegung machte. Zustimmendes Nicken.
Trotz der Vielzahl der schon vernichteten Panzer, kehrte nun auch bei Heger das mulmige Gefühl zurück, welches sich vor dem Kampf im ganzen Körper ausbreitete. Jetzt wurden auch bei ihm die Handinnenflächen leicht feucht, der Herzschlag erhöhte sich und die Knie waren an der Grenze zum Zittern.
Angst!
Es war die Art von Angst, die einen nicht weglaufen, sondern sich auf die bevorstehende Aufgabe konzentrieren ließ. Alle Sinnesorgane arbeiteten auf Hochtouren. Die Gefühle wurden ausgeschaltet, der militärisch erlernte Automatismus übernahm die Regentschaft über den Körper. Pure Berechnung wann und wie man zuschlagen würde und der unbändige Wille zum Siegen und zum Überleben leiteten das weitere Vorgehen.
Der erste Spähpanzer näherte sich. Die Motoren dröhnten.
Wrommm
Wieder lugte Heger durch das Unterholz. Erleichtert stellte er das Fehlen von begleitender Infanterie fest. Sein Daumen ging nach oben. Gleich waren sie hier. Der Puls raste, als der vorderste Sowjetpanzer an ihnen vorbeifuhr. Ein aufmerksamer Blick eines sowjetischen Panzermannes und sie wären entdeckt gewesen.
Gegen die Maschinengewehre der Spähpanzer wären wir chancenlos. Sie würden uns gnadenlos durchsieben.
Die Nervosität stieg ins unermessliche.
Gedankenwechsel!

Das war das einzig Richtige, um die Nerven zu behalten.

Der zweite Spähpanzer passierte das Versteck von Rottenführer Heger.

Wenn der Abstand zum dritten Fahrzeug so bleibt, können wir gleichzeitig zuschlagen.

Hoffnung, die sich bestätigen sollte. Tatsächlich tauchte der dritte BA 64 wie auf Bestellung auf und rollte am Panzerjäger vorbei. Die Panzerfaust wurde fester umklammert. Die Erfahrung ließ Heger wissen, dass die Entfernung in Kürze ideal für den Abschuss war. Die tödliche Waffe wanderte nach oben. Er visierte sein Ziel an.

Wir können auf Blendkörper verzichten. Alles genial für Panzerfausteinsatz!

„Jetzt!", plärrte der Truppführer so laut er nur konnte.

Zielen und abdrücken erfolgte in harmonischem Einklang. Mit der Panzerfaust 100 waren die Jäger zufrieden. Es war aus ihrer Sicht eine gute Waffe.

Die Granaten zischten ihren Opfern entgegen, trafen punktgenau auf und detonierten krachend. Zwei Explosionen zerrissen die Luft. Lautes Krachen. Berstender Stahl. Feuerzungen krochen aus den fahrenden Festungen. Die typische Detonationswolke war zu sehen. Krähen stieben von den Bäumen nach oben und flatterten wild davon. Der von Heger getroffene BA 64 war stehen geblieben. Mit einer Eierhandgranate in der Hand näherte sich der SS-Mann dem von ihm vernichteten Spähpanzer. Er ging geduckt und vorsichtig, doch schnell war ihm klar, dass er die Handgranate nicht mehr entsichern brauchte. Sein Schuss mit der Panzerfaust war ein Volltreffer. Ein Blick nach vorn. Auch Sörensen hatte seinen BA 64 geknackt. Parallel zur Explosion hatte der vorderste Aufklärer der Russen beschleunigt und war auf eine T-Mine gefahren. Detonation und Geschwindigkeit wuchteten das Fahrzeug zur Seite. Der Motor hatte Feuer gefangen. Rasmussen und Sörensen waren aufgesprungen und rannten mit ihren Sturmgewehren los. Doch bereits nach wenigen Metern war ihnen klar, dass sie ihre Waffen nicht einzusetzen brauchten. Die beiden russischen Besatzungsmitglieder schafften es nicht, aus ihrem brennenden Spähpanzer auszubooten. Binnen weniger Sekunden stand der Aufklärer in lodernden Flammen.

Die Panzerjäger blieben mit etwas Sicherheitsabstand stehen.

„Mich wundert es immer wieder, wie Stahl so heftig brennen kann", murmelte Sörensen und starrte auf das lodernde Wrack.

„Abhauen!", rief Heger. „Der Iwan wird in spätestens einer halben Stunde mit massiven Kräften hier sein. Sie werden vor Angst erst einmal alles absuchen. Ich betrachte den Rückzug als gesichert!"

Keine Einsprüche. Auch der ehrgeizige Rasmussen stimmte seinem Truppführer zu. Drei vernichtete Spähpanzer binnen weniger Minuten waren ein hervorragender Erfolg. Rasmussen begann von Orden und Auszeichnungen zu träumen.

In der Hoffnung, als kleiner Trupp nicht aufzufallen, schlugen die vier Landser der Nachhut den Weg nach Berlin ein. Sie blieben auf der Straße, die ihre Einheit gewählt hatte und wurden schließlich belohnt. Nach drei Stunden Fußmarsch tauchte ein einzelner Opel-Blitz auf, der direkt auf sie zuhielt.

„Ich glaube, deine Gegenoffensive beginnt", scherzte Heger, stieß Rasmussen in die Seite und deutete auf den Lastwagen.

Rasmussen reagierte entgegen der Meinung des Rottenführers gelassen. Er lachte sogar. Vom Erfolg des Vormittags sichtlich gut gelaunt, antwortete er spontan: „Ganz klar, und wir steigen zu und werden von der Nachhut zur Vorhut!"

Jetzt lachten alle. Galgenhumor!

Auf ihrer Höhe angekommen, hielt der Fahrer an. Der Motor schnurrte ruhig. Ein nicht sehr fröhlich dreinblickendes Gesicht musterte die vier Panzerjäger durch die geöffnete Seitenscheibe. „Seid ihr der Panzervernichtungstrupp von Heger?"

Der Franke ging zur Fahrerseite. „Nur, wenn du gekommen bist, um uns abzuholen, Kamerad!"

Die Gesichtszüge des Lastwagenfahrers erhellten sich. „Dann rein mit euch, ich habe keine Lust hier dem Iwan zu begegnen", murrte dieser. „Irgend so ein Wichtigtuer von Oberscharführer hat mich losgeschickt, um euch zu holen."

Heger grinste. „Auf den guten alten Oscha Heller ist Verlass! Er kümmert sich um seine Jäger", sagte er und ging um die Front des Opel-Blitz herum zur Beifahrerseite. Heger öffnete die Tür, schnallte den Tornister ab, warf ihn in den Fußraum und stieg ein. Währenddessen warfen seine Männer Waffen und Gepäck auf die Ladefläche, um dann selbst auf den Lastwagen zu steigen. Ein Blick zurück. Bisher war noch kein Russe zu sehen. Von weitem hörte man das dumpfe Geräusch von schießender Artillerie. Die letzten zwanzig Kilometer bis Berlin würden sie nicht marschieren müssen. Das war gut so.

Heger griff in die Feldbluse und holte seine Packung *Overstolz* hervor. Der mürrische Fahrer wendete laut keuchend den Lastwagen. Er schwitzte dabei. Der Soldat wuchtete Gänge ein, gab Gas und kurbelte das Lenkrad herum, schalte wieder und wiederholte das Spiel. Als der

Opel-Blitz endlich wieder in Fahrtrichtung nach Berlin stand, bemerkte er die Gestik seines Beifahrers, der rauchen wollte.

„Warte, kannst ´ne Papirossi von mir haben. Die riechen wenigstens gut", schnaufte der Fahrer aus.

„Du rauchst das russische Zeug?"

„Den in Zigarettenpapier gedrehten Machorka vertragen nur die hartgesottenen Raucher, aber eine von den kräftigen Papirossi kann man immer wieder genießen. Da gibt es einen gewaltigen Unterschied!"

„Gut, dann gib mal eine her", meinte der Franke.

„Und ich bekomme ´ne Overstolz von dir!"

„So läuft der Hase", stellte der Rottenführer schmunzelnd fest, war jedoch neugierig geworden. Zwei Zigaretten wanderten von einer zur anderen Hand. Der Tausch war perfekt.

„Du musst jetzt das Pappröhrchen zweimal falten. Das wird der Filter." Heger kam der Aufforderung nach. Er wusste, dass viele Landser in Russland Geschmack an Machorka und den Papirossis gefunden hatten, doch er selbst war den traditionellen deutschen Marken treu geblieben. Einmal hatte er Machorka probiert. Danach kratzte der Hals und er musste husten. Das war nichts für ihn.

Als beide rauchend nebeneinander saßen, grinste der Fahrer und Heger bereute den Tausch. Die Papirossi war ungenießbar. Freilich wollte sich der Truppführer keine Blöße geben und rauchte die russische Zigarette zu Ende. Allerdings paffte er nur, wenn er sich unbeobachtet fühlte.

„Wie sieht es denn in Berlin aus?", fragte er nach einer Weile.

„Schlimm! Die Russen kommen in einer Zangenbewegung auf uns zu. Es sind immer noch viele Zivilisten in der Reichshauptstadt und Berlin gleicht einer Trümmerlandschaft. Reicht dir das als Auskunft?"

„Klingt nicht gerade rosig."

„Wie sieht es mit Verstärkung und Wunderwaffen aus?"

Verhohlene Blicke. Heger ahnte, dass der Fahrer ihn musterte. Wenn man die falsche Antwort gab, konnte das ganz schnell vor einem Erschießungskommando enden.

„Die Stadt ist zur Festung erklärt worden", kam die salomonische Antwort.

„Unser Haufen liegt momentan in Mahlsdorf."

Sie kamen ohne Zwischenfälle an. Die Reichshauptstadt begrüßte sie mit Schutthalden und schwelenden Bränden. Ein paar Zivilisten karrten ihr letztes Hab und Gut auf einem Leiterwagen in Richtung Stadtmitte. Eine

Mutter rief ihrem Jungen etwas zu und aus den Trümmern eines Wohnhauses krochen außer dem gerufenen Bengel noch zwei weitere Kinder. Triumphierend hielten sie etwas hoch. Heger erkannte es nicht, vermutete aber Spielzeug oder Lebensmittel. Irgendetwas von Wert.
Soldaten marschierten die Straße entlang. Auf den zweiten Blick erkannte der Rottenführer deren Gesichter und erschrak. „Was ist das?", und zeigte mit dem Finger auf den Zug.

Bild 183 - Allgemeiner Deutscher Nachrichtendienst - Zentralbild – ADN-ZB/Archiv Das faschistische Deutschland im II. Weltkrieg 1939-45 Berlin wird am 1. Februar 1945 zum "Verteidigungsbereich" erklärt. Es werden Barrikaden errichtet, Stellungen und Panzergräben ausgehoben. Drei Volkssturmsoldaten mit Panzerfäusten stehen am 10. März auf Posten beim Bau einer Straßensperre an einer Bahnunterführung.343-45 [Scherl Bilderdienst], Fotograf: ohne Angabe, 10.März 1945, Bundesarchiv, Signatur: Bild 183-J31320

Der Lastwagenfahrer bog ab, beäugte schnellen Blickes die Soldaten und beschleunigte wieder. „Das sind die Leute vom Volkssturm."
„Volkssturm? Das sind Kinder und Greise", stellte Heger mit einer erkennbaren Verbitterung in der Stimme fest.
„Auch die können ´ne Panzerfaust bedienen!"

„Wenn der Iwan vor ihnen steht, sind ihre Hosen voll! Das ist reinstes Kanonenfutter!"

„Nimm den Mund nicht so voll, Kamerad", riet der Fahrer.

Irgendwoher peitschten Schüsse.

„Die Zeiten sind nicht rosig. Der Russe wird die Festung Berlin nicht erobern. Wir sitzen in jedem Haus und werden jede Straße blutig verteidigen."

„Blutig war wohl das richtige Wort."

„In Monte Cassino war es doch genauso! Erst haben die Alliierten das Kloster weggebombt, dann haben wir uns reingesetzt und den italienischen Stiefel für ´n halbes Jahr dicht gemacht!"

Heger schwieg.

„Siehste, da fällt dir nichts drauf ein!"

„Doch …", konterte der Panzerjäger, „… aber wenn ich es laut sage, lande ich vor einem Erschießungskommando!"

„Dann wird es wohl klüger sein, wenn du dein Maul hältst!"

„Du hast wohl recht", meinte Heger, „aber eine Frage hätte ich da noch."

„Was denn?"

„Glaubst du das, was du siehst oder das was du zu hören bekommst?"

Verwirrt zog der Lkw-Fahrer die Augenbrauen nach oben und dicke Stirnfalten zogen sich bis zum Haaransatz hoch. Bevor er etwas sagen konnte, schob Heger noch etwas nach.

„Und ich muss sagen, dass es vom Führer wohl eine hervorragende Idee war, Berlin auszubomben, denn so ist es zur idealen Verteidigungsstätte geworden. Wäre ja auch ein Unsinn gewesen, die Russen in Russland zu besiegen, oder?"

„Jetzt reicht es!"

Heger bereute seine Hartköpfigkeit bereits vor Satzende. Er wusste, dass er dafür tatsächlich ganz schnell vor ein fliegendes Gericht kommen könnte. Gedanklich suchte er schon eine Ausrede, dann änderte plötzlich der Fahrer seine geistige Fahrtrichtung.

„Ich bin nicht blöd und nicht blind. Aber wenn man in diesen Tagen nicht noch einmal alles gibt, dann wird der Russe schneller an sein Ziel kommen als erwartet und hier genauso wüten, wie in Ostpreußen!"

„Jetzt sind wir einer Meinung, Kamerad. Ich bin hier, um das zu verhindern. Fehler wurden andererseits gemacht. Lassen wir es dabei beruhen."

„Einverstanden!"

Heger atmete auf. Der Rottenführer war sich jetzt sicher, dass ihn der Mann hinter dem Lenkrad nicht anzeigen würde.

Glück gehabt und Schnauze halten, dachte sich der Franke und war sichtlich erleichtert.

„Dort vorn ist der neue Gefechtsstand. Zumindest war er dort, als ich losfuhr", grinste der Lastwagenfahrer und hielt an.

„Mach es gut", verabschiedete sich der Panzerjäger und stieg aus. Als auch seine Kameraden von der Pritsche abgestiegen waren, winkte der Fahrer und gab Gas.

„Heger, ich bekomme von dir ´ne Dorette zurück", brüllte jemand.

Ein Lächeln huschte über das Gesicht des angesprochenen SS-Mannes.

„Da sieht man den Tod an sich vorbeihuschen und der Oscha macht sich nur Gedanken über die Ausrüstung", lachte Rottenführer Heger und ging zu Oberscharführer Heller.

Schnell war berichtet, was sich ereignet hatte. Im Gegenzug wurde Heger in die aktuelle Lage der Truppe in Berlin eingewiesen.

„... und diese neun Verteidigungsbezirke sind in A bis H und Z eingeteilt. Wir bleiben erst einmal hier in Mahlsdorf und du wirst lachen, wir haben sogar zwei nagelneue Pak bekommen!"

„Ich habe nie am Endsieg gezweifelt", stieß Heger hervor und sein Zugführer sah ihn mit weit geöffneten Augen an.

„Gute Antwort! Hätte ich von dir nicht erwartet, aber pass auf. Ich habe gehört, dass täglich Erschießungen stattfinden. Wer jetzt nicht spurt, wird sofort vor ein fliegendes Gericht gestellt. Es wird nicht lange gefackelt und die Hintertürchen zu Strafbataillonen sind geschlossen, wenn du weißt, was ich damit meine."

Heger nickte. „Ich hab´s kapiert!"

„Dann geht mal ums Eck in den Wilhelmsmühlenweg rein. An der zweiten Straße links steht unsere Feldküche. Ich habe dem Küchenbullen ausdrücklich gesagt, dass er für euch was Warmes aufheben soll. Danach kommt ihr wieder zu mir."

„Hierher?"

„Nein! Hier werde ich eine Pak-Stellung postieren. Euch brauche ich auf der anderen Straßenseite. Die Ruinen stehen leer, wir können uns also gut einnisten. Das Haus mit der offenen Stube ...", Heller zeigte auf die gegenüberliegende Straßenseite.

Heger sah das zerstörte Mehrparteienhaus. Eine Hauswand war so weggebrochen, dass im zweiten Stockwerk eine sogenannte gute Stube zu sehen war. Die ehemaligen Bewohner hatten offensichtlich keine Zeit, auch nur ein einziges Möbelstück mitzunehmen.

„Dort verkriechen wir uns. Wenn die Pak zuschlägt, wähnen sich die Panzer hier im toten Winkel und fahren uns genau vor die Panzerfäuste!"

„Alles klar! Dann gehen wir mal Essen fassen."

Die vier Panzerjäger suchten die Feldküche. Sie stiegen über Schutthaufen, gingen den Wilhelmsmühlenweg entlang und bekamen einen Duft in die Nasen, der sie blindlings zur Feldküche dirigierte. Der Küchenbulle, ein SS-Mann, der den Titel Bulle zurecht trug, stand neben dem dampfenden Anhänger, den jeder Landser verehrte. Die Sonne hatte längst den kühlen Nebel des Morgens verjagt und es war ein angenehmer warmer Frühlingstag geworden. Die Ärmel des großen und alles andere als schmächtigen Soldaten hinterm Kessel waren hoch gekrempelt. Mit tiefer, donnernder Stimme verjagte er gerade ein paar SS-Männer, die sich scheinbar einen Nachschlag holen wollten. Heger kannte den Mann am Kochtopf. Er hieß Josef Horatz und war österreichisch-ungarischer Abstammung. Sein Gulasch war weltberühmt, doch heute roch es nicht nach der Spezialität des Feldkochs. Die Panzerjäger überwanden ein paar Ziegelsteinhaufen, schlängelten sich durch herausragende Eisenteile einer Betonwand und standen schließlich vor dem Bär von Mann.

„Ich hab´ g´hörd, dass du was guds zum Ess'n g´machd hasd", stieß Heger in reinstem fränkisch aus, was er sonst eigentlich eher unterdrückte. Er betonte dabei das ‚t' besonders weich und verschluckte die Satz-Enden.

Horatz grinste. „Da ist ja der Mann, bei dem die Wörter keine Endungen haben und bei dem *t* und *d* gleich klingen."

„Immer noch besser als dein ungarisch-deutsches Kauderwelsch."

„Kommt her", winkte sie der Küchenbulle zu sich heran.

Ehrfürchtig ließen Sörensen, Jancea und Rasmussen den Rottenführer vorangehen.

„Der Oscha hat mir gesagt, ich soll euch was aufheben. Hab´s mit meinem Leben verteidigt."

„Was dir nicht schwer gefallen ist", konterte Heger. „Wie geht's dir denn, alter Haudegen?"

Sie reichten sich die Hände, wobei Hegers Hand komplett zwischen den fleischigen Fingern des Kochs verschwand.

„Sehr gut! Heute habe ich Buletten gemacht. So heißen die Fleischlaiberln hier in Berlin."

„Du meinst Fleischküchle", verbesserte der Rottenführer. „Hoffentlich sind sie nicht zu fad gewürzt."

„Keine Angst, ich habe genügend Paprika rein gemischt. Dazu gibt es Bratkartoffeln."

Der Küchenbulle rührte in der 35 Liter fassenden Pfanne herum.

„Für jeden von euch habe ich zwei Stück und ´ne gute Portion Kartoffeln. Die Suppe ist leider schon aus. Da hatte ich zu wenig, aber dafür könnt ihr eure Feldflaschen mit echtem Kaffee füllen. Oscha Heller hat irgendwo ein Vorratslager entdeckt. Der Halunke hat aber nicht gesagt, wo das ist!"

„Egal, komm gib das Zeug her, mein Magen hängt auf halb acht. Seit einem Leberwurstbrot heute Morgen, habe ich noch nichts zum Futtern bekommen."

Die Feldgeschirre wurden gefüllt. Anschließend setzten sich die Männer auf die Trümmerhaufen. Als der Franke den ersten Bissen in den Mund schob, verteilte sich ein lang vermisster Geschmack. Das Hackfleisch war ideal gewürzt, die Bratkartoffeln beidseitig knusprig-braun angebraten. Das Mahl war eine Delikatesse und jeder Bissen wurde entsprechend oft gekaut. Als die vier Panzerjäger wortlos aßen, grinste Horatz zufrieden. Er sammelte entgegen seiner Gewohnheit die Feldflaschen des Panzervernichtungstrupps ein, leerte sie aus und füllte heißen Bohnenkaffee hinein. Aus den Flaschenhälsen dampfte es. Der aromatische Geruch des warmen Getränks kroch in die Nasen der Landser. Als sie mit dem Essen fertig waren, wischten sie mit einem Taschentuch die Essgeschirre aus, dann rann der seit Wochen erste Schluck Kaffee ihre Kehlen hinunter und verteilte sich wohltuend im Magen.

„Es sieht zwar nicht so aus, aber Berlin ist wirklich ein Paradies", meinte Heger. Er wollte sich gerade seine übliche Zigarette in den Mund stecken, als Horatz noch zwei Dosen Scho-ka-kola hervor zauberte.

„Euer Nachtisch!"

„Da brat mir doch einer ´nen Hund in der Pfanne. Heute ist wirklich unser Glückstag", stieß Rasmussen aus und griff zu.

Sie teilten die beiden Energiespender auf und vertilgten die Schokolade umgehend. Horatz rief zwei Hiwis zu sich und ließ sie unter seiner Aufsicht die Feldküche reinigen. Währenddessen rauchte er mit Heger eine *Overstolz*. Sie sprachen von den guten alten Zeiten. Als sie die Zigarettenkippen auf einem Ziegelstein ausdrückten, stand der Rottenführer auf und verabschiedete sich. „Wir müssen zu Oscha Heller."

„Mein Freund, ich hoffe, es wird nicht wieder so lange dauern bis wir uns wiedersehen", verabschiedete sich der Koch.

„Keine Angst, ich bin ja nur ums Eck", meinte der Franke und führte mit dem Kopf eine Art Winkbewegung aus. „Lasst uns zu unserer neuen Stellung gehen. Unser Zugführer wird sicherlich schon auf uns warten."

Sie saßen im Erdgeschoß der Ruine. Oberscharführer Heller mit seinem zugeteilten Nachrichtenmann, der Panzervernichtungstrupp von Rottenführer Heger und eine Gruppe Pioniere. Im ersten Stock hatte sich ein sMG-Trupp eingenistet. Die nagelneue Pak stand gut getarnt an der Straßenkreuzung. Ein Zug Grenadiere lag in den Ruinen gegenüber den Panzerjägern in Stellung. Auf diese Art und Weise hatten die Soldaten der *11. SS-Freiwilligen-Panzer-Grenadier-Division „Nordland"* mehrere Straßenzüge besetzt. Sie warteten auf den Feind.

Der permanent im Hintergrund zu hörende rollende Donner der sowjetischen Geschütze hatte nachgelassen. Nur hin und wieder heulte eine Granate über die Köpfe der „Nordländer" hinweg und detonierte irgendwo im Grau der Gesteinshaufen. Auch die Schwadronen der Bomberstaffeln schienen endgültig ihren Heimflug angetreten zu haben. Ein paar wenige Zivilisten huschten durch die Straßen, die mal mehr, mal weniger passierbar waren. Es waren die Menschen, die ihr Zuhause aus unterschiedlichsten Gründen nicht verlassen wollten. Viele von ihnen hofften, dass der Russe doch noch aufgehalten würde. Hoffen, Bangen und Zittern. Aufgeben und wieder hoffen. Sie befanden sich in einem Teufelskreis. Längst war es zu spät, die brennende Stadt doch noch verlassen zu können. Unter Androhung härtester Strafen mussten sie bleiben. Berlin war als Festung erklärt.
Die Stadt wurde systematisch zum Verteidigungsbollwerk ausgebaut. Zerstörte Häuser waren besetzt, Straßensperren wurden gebildet und sowohl das Militär als auch die Zivilbevölkerung wurden pausenlos auf einen harten Kampf eingeschworen. Die Propagandamaschine lief auf Hochtouren. In den Volksempfängern wurde Marschmusik immer wieder von aufpeitschenden Reden unterbrochen.

Oberscharführer Heller lugte über den Schutthaufen, der vor dem zerbombten Gebäude bis zur Mitte des Fensters im Erdgeschoss reichte. „Von hier aus haben wir bestes Schussfeld", kommentierte der Zugführer und ließ seinen Blick kreisen. An der Hauswand gegenüber hatte jemand mit Farbe eine Parole geschmiert:

Denkt an unsere Frauen und Kinder. Vernichtet die roten Bestien!

Heller schloss die Augen. Er dachte an seine eigene Familie. Gänsehaut überzog den ganzen Körper. Sehnsucht und Angst keimten auf. Er musste sich zum Gedankenwechsel zwingen.

Es wurde dunkel. Die Stromversorgung funktionierte längst nicht mehr. Die offenen Fensterscharten wurden mit Zeltbahnen verhängt, dann zündeten die Panzerjäger *Hindenburglichter* an. In deren Schein setzte sich Sörensen hin und zog einen Bleistift aus der Tasche. Danach faltete er ein Stück Papier auf. Die ersten Zeilen eines Briefes waren schon geschrieben. Der Däne las sie noch einmal durch, lehnte sich zurück und stöhnte leise.

„Was schreibst du denn da?", erkundigte sich Jancea.

„Ich denke, ich werde meinen Leuten zu Hause noch einmal einen Brief zukommen lassen."

„Wozu? Das kannst du doch machen, wenn wir die rote Brut vernichtet haben", pulverte Rasmussen in vollem Eifer heraus.

Heger schüttelte nur kommentarlos den Kopf. Während der junge Rasmussen wohl aus vollem Idealismus kämpfte, trieb den Franken etwas anderes an. Längst galt sein persönlicher Kampf dem Unrecht. Er konnte zwar nicht ungeschehen machen, was deutsche Soldaten in Russland getan hatten, aber er konnte sich vor die deutschen Zivilisten stellen und diese vor den plündernden Rotarmisten schützen, solange er atmete und eine Panzerfaust abdrücken konnte.

Längst waren die Hindenburglichter erloschen und die Jäger dösten vor sich hin, als Heger erwachte. Es war schon weit nach Mitternacht, als leiser Kampflärm zu hören war. Verschlafen erhob sich der Panzerjäger und ging zum Fenster. Er schob die Zeltbahn ein Stück zur Seite und sah auf die dunkle Straße. Ein paar Straßen weiter war eine Leuchtkugel abgeschossen worden. Zitternd erhellte das künstliche Magnesiumlicht den Himmel und ließ die in Trümmern liegende Stadt noch bizarrer aussehen als sie tagsüber wirkte.

„Das war heute nur die berühmte Ruhe vor dem Sturm", presste er heraus, als ob er sich mit jemanden unterhielt.

Der Krieg hatte einen anderen Menschen aus ihm gemacht. Früher war er lebenslustig, stellte Frauenröcken nach, genoss lange Nächte mit Freunden und viel Bier und Wein. Er spielte am Lagerfeuer mit seiner Gitarre und sang beliebte Schlager. Jetzt war er zum kämpfenden Tier

geworden. Er schien Gefahr auf einen Kilometer Entfernung riechen zu
können, wachte bei kleinsten Geräuschen auf, aß was er ins Kochgeschirr
bekam und schlief, wann immer er Zeit dazu hatte.

Der sanft wehende Ostwind trug Motorenlärm herüber.

Es sind starke Motoren und es sind viele Motoren, dachte sich Heger und automatisch strich seine Hand über eine der Panzerfäuste, die vor ihm lagen.
Bereit zum Abschuss.

Jancea kroch zu dem Rottenführer. „Kannst du auch nicht schlafen?"

„Sie kommen. Wie ich die Russen kenne, ist es anfangs eine starke Auf-
klärungseinheit, aber bereits morgen früh werden sie ihre Elitetruppen in
die Schlacht werfen. Jancea, der Kampf um Berlin hat spätestens in diesem Moment begonnen!"

*Bild 183 - Allgemeiner Deutscher Nachrichtendienst - Zentralbild – ADN-ZB/Archiv
II.Weltkrieg 1939-45 Am 16. April beginnt der Angriff der an der Oder und Neiße stehenden 1.
Belorussischen und 1. Ukrainischen Front zum Kampf um Berlin. Die sowjetischen Truppen erreichen
am 21. April den äußeren Verteidigungsgürtel und schließen am 25. April die Stadt ein. Nach harten,
verlustreichen Kämpfen kapitulieren die faschistischen Truppen der Berliner Garnison am Nachmittag
des 2.Mai.- Sowjetische Artillerie vor Berlin; seit dem 20. April wird die Stadt beschossen, Fotograf:
ohne Angabe, April 1945, Bundesarchiv, Signatur: Bild 183-E0406-0022-012*

Der Rottenführer behielt Recht. Die Rote Armee hatte die Stadtgrenze Berlins erreicht. Das Kampfgetöse ebbte längst nicht mehr ab. Im Gegenteil, es verstärkte sich. Und als die Sonne im Osten das Firmament in ein wunderschön anzusehendes rot-orange färbte, tobte im Frontabschnitt der Nordländer bereits härtester Kampf.

Die Rotarmisten griffen mit Panzern und Infanterie an. Unaufhaltsam rückten sie mit massiven Kräften vor.

Die Zeltbahnen waren von den zerschossenen Fenstern wieder abgenommen worden. Sie würden nur die Stellungen der Verteidiger verraten. Heger rauchte. Gedankenlos starrte er nach draußen. Er wartete auf den Feind.

Ein Melder rannte geduckt durch die Straßen. Immer wieder suchte der Soldat Deckung. Nach kurzer Verweildauer hinter einem Geröllhaufen, sprang er hurtig auf und spurtete zum nächsten Schlupfloch. Diesmal ein Bombenkrater. Die Uniform des Landsers war eingerissen und beinahe komplett staubbedeckt. Die Hände waren aufgeschürft und an der linken Wange klaffte eine blutende Wunde.

Oberscharführer Heller nahm seinen Feldstecher hoch. Er sah den Melder und schwenkte das Fernglas herum. Der Landser wurde nicht verfolgt.

„Was macht er?", fragte Heger, der aufgestanden und vom Fenster weg gegangen war. Der Rottenführer drückte die Zigarette aus, nahm seine Feldflasche und trank.

„Er ist jetzt bei den Grenadieren gegenüber. Sie deuten zu uns rüber. Ich schätze, der Melder sucht uns."

Heger ging zurück zum Fensterplatz. „Ja, er kommt direkt auf uns zu." Der Melder überquerte die mit Trümmern, einem weiteren großen Bombenkrater und vielen Gesteinsbrocken übersäte Straße. Er lief schnurstracks zu dem von den Panzerjägern besetzten Haus.

„Das ist Lars", rief Rasmussen, der sich neugierig neben Heger geschoben hatte. „Lars Lerby! Wir lagen während der Grundausbildung auf der gleichen Stube."

Der dänische Soldat der Waffen-SS erreichte völlig ausgepumpt sein Ziel. Er kletterte über den Schutthaufen, der direkt vor dem Fenster lag und ließ sich durch dieses in den besetzten Raum gleiten. Etwas Geröll rollte mit. „Der Iwan …", hechelte er völlig außer Atem heraus, „… der Iwan … kommt mit … Panzern!"

„Hol erst mal Luft, Junge", beruhigte Heller.

Lerby kauerte sich nieder und atmete ein paar Mal kräftig durch. Danach setzte er erneut an. „Der Russe kommt mit Stalin II und mit T 34. Auch Infanterie ist massenhaft dabei. Untersturmführer Hingsen kann sie nicht länger aufhalten."

„Hingsen?", fragte Heller und bekam ein Nicken zur Antwort. „Die sitzen doch in Marzahn. Kommt der Russe über Marzahn auf uns zu?"

„Ja!"

„Wieso habt ihr nicht über Funk …"

„Zerschossen! Volltreffer! Oberscharführer Heller, Sie sollen unverzüglich …"

Wumm

Detonationen waren zu hören. Donnerndes Krachen hallte durch die Straßen. Das sMG im ersten Stock ratterte los.

Rrrrt … rrrrt

Auch die Grenadiere aus dem gegenüber liegenden Haus begannen zu schießen.

„Sage Untersturmführer Hingsen, dass wir verlegen sollen?", übertönte Hellers Stimme den beginnenden Kampflärm.

Lerby nickte abermals.

„Dafür dürfte es wohl zu spät sein!"

Wumm

Eine Panzergranate explodierte an der Wand eines Wohnhauses. Das Maschinengewehr hatte das Feuer eingestellt. Kettengerassel war zu hören.

Die Pak feuerte. Heger sah das Mündungsfeuer aufblitzen. Nach dem zweiten Abschuss der 7,5 cm Kanone war eine Explosion zu hören. Der erste Zweikampf von Panzer gegen Pak war gewonnen, doch von Sieg konnte keine Rede sein. Wieder krepierte eine russische Granate. Diesmal nächst der Pak-Stellung. Steinbrocken wurden durch die Luft geschleudert. Der Qualm des brennenden Panzerwracks durchzog die Straße und wirkte wie ein dunkler Trauerschleier. Beißend kroch er in die Nasen und Münder der auf den Feind lauernden Nordländer.

Mit lautem Uräh-Geschrei rannte plötzlich russische Infanterie hinter dem Panzer hervor. In Zugstärke stürmten die Soldaten scheinbar unerschrocken auf die deutsche Kanone zu. Das sMG im ersten Stock ratterte wieder los. Feuerstoß um Feuerstoß wurde aus dem Lauf gejagt.

Rrrrt … rrrrt

Die erste Reihe der Rotarmisten lief direkt ins Feuer des Maschinengewehrs. Zuckend und blutüberströmt lagen die Opfer am Boden. Ein sowjetischer Offizier peitschte die zweite Reihe nach vorn, doch auch diese fielen im Kugelhagel des sMG 42, oder warfen sich in Deckung.

Wumm

Der Panzer schoss nun auf die Ruine, in der die Panzerjäger auf ihre Ziele warteten.

„Sie haben das Maschinengewehr über uns ausgemacht", fluchte Heller.

Lerby war zwischenzeitlich ein Verband angelegt worden. Er hustete, als ein Windstoß den schwarzen Qualm durch das offene Fenster in den Raum trieb.

Eine weitere, starke Detonation zerriss die Luft. Folgeexplosionen waren zu hören. Die Pak musste den zweiten Panzer geknackt haben.

Handgranaten krepierten. Splitter gruben sich in die Mauern der Ruinen. Durch die Rauchschwaden konnte Heller beobachten, wie die Grenadiere für einen Gegenangriff ausbrachen und auf die in Deckung liegende russische Infanterie zulief. Diesmal ohne dem üblichen ‚Hurra' auf den Lippen, das oftmals das russische *Uräh* übertönte.

Das sMG schwieg. Der Feind saß in der Falle. Ein paar wenige Russen zogen sich zurück, indem sie Hals über Kopf aufsprangen und weg rannten. Einer von ihnen wurde in den Rücken getroffen und riss die Arme nach oben. Dann sackte er zusammen. Die beiden abgeschossenen und lodernden Panzer bildeten eine hervorragende Straßensperre. Die Besatzungen der Kampfkolosse schienen zu euphorisch in den Kampf gegangen zu sein. Sie waren zu forsch vorgerückt und direkt vor den Lauf der Pak geraten. Statt den Straßenzug einzunehmen, schufen sie ideale Voraussetzungen für die Verteidiger.

Kampflärm aus westlicher Richtung ließ die Männer aufhorchen.

„Sie kommen von der Flanke! Die Pak muss sofort die Stellung wechseln!"

Schüsse häuften sich. Eine zweite Welle russischer Infanterie stürmte durch die Straßen. Zudem hatte Granatwerferfeuer eingesetzt und zwang die Grenadiere in Deckung zu bleiben. Wieder jagte das sMG Salve um Salve aus dem Rohr. Schnell war klar, dass statt wie geplant ein Straßenzug, zwei Straßenzüge verteidigt werden mussten.

Wumm

Jetzt wurde auch wieder die Ruine der Panzerjäger beschossen.

„Ihr unterstützt die Grenadiere, wir laufen rüber und kümmern uns um die Flanke", rief Heller im Schlachtgetöse einem Unterscharführer der Pioniere zu.

„Ich habe einen besseren Vorschlag! Ihr nehmt das sMG mit, wir verminen diese Ruine und wenn der Iwan hier hereinstürmt, erlebt er sein blaues Wunder!"

„Und die Grenadiere?"

„Keine Angst. Im Schutz der beiden Wracks gehen wir unbemerkt vom Feind rüber und geben ihnen Deckung. Wir haben noch genügend Überraschungen für die Iwans dabei", grinste der Pionier. „Außerdem müssen die Grenadiere von dort raus wo sie jetzt fest sitzen, sonst erleben sie das Zwölfuhrläuten nicht mehr!"

„Das stimmt", musste Oberscharführer Heller einräumen und überlegte fieberhaft, was er tun sollte. Blitzschnell fällte er eine Entscheidung. „Wir bilden eine neue Linie …", er starrte nach draußen und ließ seinen Blick kreisen, dann blieb er an einem bestimmten Ort hängen, „… dort, wo jetzt die Pak steht!"

„Gut! Ihr könnt los! Ich schicke einen Mann rauf zum Maschinengewehr. Er soll die Kameraden von unserem Plan in Kenntnis setzen. Sie werden euch folgen!"

„Ich bleibe bei euch", entschied Lerby.

Noch bevor die Panzerjäger verlegten, versuchte der Nachrichtenmann der Kampfgruppe zweifelt den Bataillonsgefechtsstand zu erreichen. „Negativ", teilte er nach mehrfachen Versuchen kopfschüttelnd mit.

Wumm

Abermals schlug eine Granate ein. Staub und Gestein bröselte von der Decke herab.

„Raus hier!"

Im Schutz des dichten Qualms rannten die Panzerjäger über die Straße. Immer wieder pfiffen verirrte Projektile über ihre Köpfe hinweg. Das sMG stellte das Feuer ein.

Sie sprangen keuchend über die Hindernisse. Im Dunst der Schwaden sah Heger die Pak-Besatzung auf sie zulaufen.

„Russen!", plärrten die Jäger und sahen mit panischen Blicken immer wieder nach hinten.

Heller reagierte unverzüglich: „Deckung! Und Feuerschutz geben!"

Sofort waren die Schnellfeuergewehre im Anschlag. Eine Gruppe sowjetischer Infanterie war der flüchtenden Pak-Besatzung gefolgt. Hegers Sturmgewehr bellte auf. Neben ihm schossen Heller, Jancea und Sörensen ebenfalls. Stöhnend und schreiend brachen sofort fünf Rotarmisten zusammen. Heller zuckte und ging in die Knie. Heger duckte sich ab, wartete kurz und ging wieder über die Deckung. Er legte an und feuerte auf zwei Konturen, die zwischen den Dunstschwaden auftauchten. Beide fielen getroffen zu Boden. „Vorwärts!". brüllte der Franke und trieb die kleine Truppe dem Feind entgegen.

Im Augenwinkel erkannte Heger, dass auch Heller aufgestanden war und mit unnatürlicher Haltung folgte. Zwei russische Soldaten machten sich gerade an der Pak zu schaffen. Auch sie fielen im Kugelhagel der Nordländer. Die Kanone war wieder in ihrer Gewalt.

Heger starrte auf die Gefallenen. Sie hatten alte Waffen und die Uniformen waren zerschlissen. Der erfahrene Soldat wusste, dass die Sowjets zuerst ihre Strafbataillone und schlecht ausgerüstete Infanterieeinheiten nach vorn in den Kampf schickten. Erst wenn die ersten Preschen geschlagen waren, folgten die Elitetruppen. Ein Menschenleben war in der Roten Armee scheinbar nichts wert.

„Das war nur eine Vorhut. Wir müssen die Pak wieder einsatzklar machen. Der Iwan wird mit Panzern und weiteren Truppen nachrücken!" Sofort brachte die vorm Feind geflüchtete Pak-Besatzung ihre Kanone wieder in Stellung und lud. „Sie waren plötzlich da, wir konnten nichts tun, sonst wären wir jetzt alle tot", erklärte einer.

„Es gibt ... keinen ... Vorwurf", stöhnte Heller, dessen Uniform sich an der Schulter blutrot gefärbt hatte. Er saß am Boden und lehnte sich gegen eine Hauswand. Lerby zog dem Oberscharführer die Feldbluse aus. Das Gesicht des Verwundeten war schmerzverzerrt.

Wumm

Eine heftige Detonation ließ die Erde ein zittern. Heger blickte gelassen. Er ahnte die Ursache der Explosion. „Das dürfte eine der Überraschungen unserer Pioniere gewesen sein", sagte er. Im gleichen Moment bemerkte er die Verwundung seines Zugführers.

Lerby, der Melder, kümmerte sich immer noch um Heller. „Ist ein glatter Durchschuss, Herr Oberscharführer", stellte Lerby fest, erzählte es dem Verwundeten und legte, so gut wie es ging, einen Druckverband an. „Ist doch immer wieder gut, dass wir selbst auch Verbandspäckchen einstecken haben. Die Sanis sind eh´ nie da, wenn man sie braucht", versuchte er den immer blasser werdenden Zugführer in ein Gespräch zu verwickeln. Er wollte nicht, dass der Verletzte in einen Schockzustand fiel oder einen Kreislaufzusammenbruch erlitt.

„Der Durchschuss tut verdammt weh", stöhnte Heller.

„Kein Problem, ich habe eine Schmerztablette dabei, die können Sie gleich nehmen."

Laufschritte. Keuchen. Klappernde Ausrüstung. Die sMG-Besatzung kam angerannt. Der Gewehrführer verlangsamte das Tempo und brüllte: „Bringt die Waffe in Stellung. Der Iwan wird gleich angreifen!"
Man merkte, dass die Besatzung eingespielt war. Die Lafette hinstellen, Gewehr auf die Gleitschiene legen, Sperre lösen, Munition zurechtlegen und den Gurt einführen war wie eine einzige Bewegung. Im Nu stand das schwere Maschinengewehr bereit. Sie waren schussfertig.
Die Straße vor ihnen war langezogen und gut einsehbar. Infanteristen gingen vorsichtig und geduckt links und rechts der Häuserzeilen entlang. Ein T 34 schob sich ruckelnd um ein Eckgebäude. Binnen Sekunden war die Pak-Besatzung am Arbeiten. Der Richtschütze drehte an der Spindel. Das Rohr der Kanone zeigte direkt auf den nur wenige hundert Meter entfernten Panzer.
Das sMG feuerte auf die Infanterie.
Rrrrt ... rrrrrt
„Feuer!", schrie der Richtschütze der Pak. Ein Knall ertönte. Am Rohr blitzte es kurz auf und unmittelbar darauf erfolgte der Einschlag am Panzer.
Wumm
Die Wucht der Detonation entlud sich mit verheerender Wirkung. Die Sprengkraft der Granate riss die Stahlwand auf. Noch bevor der Fahrer des T 34 ein eingeleitetes Rettungsmanöver fahren konnte, krachte die zweite Granate gegen den Turm des Stahlriesen.
Wumm
Diesmal war die Detonation gewaltiger als zuvor. Feuerblitze krochen aus Ritzen. Binnen Sekunden stand der Panzer in Flammen. Die Besatzung hatte keine Chance mehr aus ihrem stählernen Sarg auszubooten.
„Erledigt", kam es erleichtert aus dem Mund des Richtschützen.
Ein Stalin II schob sich am zerstörten T 34 vorbei, blieb kurz stehen und feuerte seine Kanone ab. Der mächtige Panzer schaukelte durch den Rückstoß. Der ungleiche Kampf begann erneut. Pak gegen Panzer.
Die beiden Richtschützen schwitzten. Das nächste Geschoss verließ das Rohr der Panzerkanone. Die 12,2 cm Granate des sowjetischen Kampfpanzers schlug kritisch nahe bei der Pak ein.
Wumm
Splitter und Steine sausten durch die Luft.
„Die Stalin zwo sind kaum zu knacken", schimpfte der deutsche Geschützführer panisch. Angst schwang in seiner Stimme mit.
Wumm

Auch die Pak-Granate verfehlte ihr Ziel nur knapp und sprengte stattdessen ein Loch in eine Hauswand.

Die Panzerjäger schlüpften indessen in eine der Ruinen, das sMG wechselte seine Stellung.

Im Schutz des Stalin II, dessen Feuerkraft zwar enorm, aber nicht schnell war, bewegten sich die Rotarmisten vorwärts.

Wumm

Diesmal landete die Pak einen guten Treffer! Eine Kette des Panzers wurde weggesprengt, der Koloss ruckelte noch ein Stück nach vorn, dann blieb er liegen. Durch die Luft gewirbelte Kettenglieder verletzten russische Infanteristen.

„Hurra!"

Die Pak-Mannschaft jubelte, doch die Siegesfreude kam zu früh. Trotz der Fahrunfähigkeit war der Panzer noch gefechtstüchtig. Der sowjetische Richtschütze hatte nachjustiert und die Kanone donnerte los. Pulverschmauch waberte an der Mündung. Die Granate jaulte heran, grub sich unmittelbar vor der Pak in die Straße und detonierte mit verheerender Wirkung. Die deutsche Kanone wurde hochgeschleudert und krachte völlig zerstört wieder zu Boden. Die Bedienmannschaft lag, zerfetzt von den Granatsplittern, auf der kalten Straße.

Jubelrufe auf sowjetischer Seite. Die russischen Infanteristen waren der Meinung, das Maschinengewehr hätte es ebenfalls erwischt. Sie kamen aus dem Schutz des liegen gebliebenen Stalin II hervor und rannten auf die von den Deutschen besetzte Straßenkreuzung zu.

„Jetzt!", murmelte der Schütze I, zog den Abzug durch und schwenkte das Gewehr auf der Gleitschiene hin und her.

Rrrrt … rrrrt

Der Gurt zog sich wie Butter durch. Projektil für Projektil wurde aus dem Lauf geschmettert. Immer wieder visierte der Schütze die Russen an und zog den Abzug durch. Feuerstoß für Feuerstoß. Salve für Salve. Die Angreifer liefen direkt in ihr Verderben. Die Straße war binnen kürzester Zeit blutgetränkt. Die Besatzung des Stalin II hatte zwischenzeitlich nachgeladen und nahm sofort die sMG-Stellung unter Beschuss. Es war nur eine Frage der Zeit, wann diese ausgeschaltet sein würde. Der sowjetische Richtschütze verstand sein Handwerk.

Rottenführer Heger erkannte die Situation und wusste, dass sie den Panzer knacken mussten. Er bildete mit seiner Feuerkraft das Rückgrat des russischen Angriffs. Der Panzerjäger nahm eine geballte Ladung mit 3 kg

Sprengstoff, klopfte Sörensen und Rasmussen auf die Schultern und forderte sie auf, ihm zu folgen. „Jancea, du bleibst mit den anderen bei Oscha Heller!"

Der Rumänendeutsche nickte.

Heger zog sich nach hinten zurück und betrat die Ruine, vor der sie in Stellung lagen. Der ehemals angenehm breite Flur des Mehrparteienhauses war eine einzige Schutthalde. Zersplitterte Fenster, Glas, Ziegelsteine und Trümmer der Holztreppe mussten überwunden werden. Die rückwärtige Hauswand war mit Rissen durchzogen. Sie würde bald einstürzen. Der Weg zum Hinterhof war frei. Ein kontrollierender Blick. Feindfrei. Schnell huschte der Rottenführer, gefolgt von den beiden anderen Panzerjägern, hinaus und rannte an der Hausfassaden des Innenhofs entlang. Mauern und kleinere Zäune wurden übersprungen. Immer wieder achteten sie auf mögliche russische Heckenschützen.

Als sie weit genug vorgedrungen waren und der Abschussknall des russischen Panzers so laut war, als würde er neben ihnen stehen, schlüpften sie durch einen Hintereingang in eines der Häuser. Das Anwesen war weitgehend von den Bomben und Granaten verschont geblieben. Im Hausflur hielten sie inne und lauschten. Wortfetzen in russischer Sprache waren zu hören. Ein Motor brummte. Der Panzer stand offensichtlich direkt vor dem Anwesen. Die Panzerkanone knallte erneut.

Wumm

Stiefelgetrampel auf der Treppe. Jemand rannte in Richtung Erdgeschoss und rief laut einen Vornamen: „Sergej?"

Gänsehaut. Im Haus befanden sich Rotarmisten.

Aus dem Keller kam eine Antwort. Lachen folgte, daraufhin ein Hilferuf. Das Blut gefror in den Adern der drei Panzerjäger. Der Schrei wurde von einem Kind oder jungem Mädchen ausgestoßen. Alles ging schnell. Der Russe, der die Treppe hinunterrannte stand plötzlich vor ihnen. Geschockt starrte er in den Lauf eines Sturmgewehres. Ein kurzer Feuerstoß wuchtete den Körper des Sowjetsoldaten an die Wand. Mit starren Augen und aufgerissenem Mund, jedoch ohne einen Laut von sich zu geben, rutschte er langsam an der Wand entlang nach unten. Blutflecken blieben am Gemäuer zurück. Der Leichnam verharrte in Sitzstellung auf der Treppe. Zwei Treffer ins Herz und ein Lungendurchschuss ließen ihn einen schnellen Tod sterben. Das Knallgeräusch der Schussabgabe war mit einem weiteren Abschuss der Panzerkanone verschmolzen und dadurch untergegangen.

„Wir müssen runter in den Keller", flüsterte Heger seinen beiden Kameraden zu.

Weinen war zu hören. Ein Russe bellte Kommandos. „Deitsch nix gutt! Krigg aus! Deine Kamerat bald tot! Alle bald tot!"

Die Treppe, die in den Keller führte, war aus Stein gefertigt. Fast lautlos stiegen die drei Landser die Stufen hinab. Es war dunkel, roch feucht und modrig. Ein kleiner Lichtschimmer war fast am Ende des Kellerflurs zu sehen. Eine bullige Gestalt stand vor einem Verschlag und leuchtete mit einer Taschenlampe hinein. Von innen her tauchte für einen kurzen Moment ein zweiter Lichtstrahl auf und beleuchtete den Soldaten, der im Türrahmen stand. Heger schloss daraus, dass es sich um zwei Russen handeln musste. Einer befand sich bei den Zivilisten im Keller, der andere als Sicherer davor. Zeit, lange zu überlegen wie man vorgehen sollte, war nicht gegeben. Ohne weiter nachzudenken, brachte Heger sein Sturmgewehr in Anschlag und ging zügig und so leise wie möglich nach vorn. Sörensen blieb beim Treppenabgang stehen, Rasmussen folgte seinem Truppführer.

„Mama!"

Ein Klatschen war zu hören. Eine Frau weinte.

„Urri!", forderte der Russe.

„Nein, nicht die Uhr!"

Plünderer, keine Vergewaltiger, schoss es Heger durch den Kopf. *Noch nicht schießen!*

Die Gedanken mussten verdrängt werden. Es gab sicherlich auch bei den Russen anständige Soldaten.

Nicht alle sind gleich schlecht und in der Regel überwiegt der Anteil der Guten.

Konzentration, schimpfte er sich innerlich.

Alles spielte sich in Sekundenbruchteilen ab. Die Schritte der Deutschen wurden wohl gehört. Möglicherweise drehte sich der Russe, der am Eingang des Kellerverstecks stand, auch nur zufällig um und ebenso war es für ihn ein unglücklicher Moment, als in der gleichen Sekunde der Lichtkegel der Taschenlampe seines Kameraden über ihn huschte. Der Lauf der PPSch Maschinenpistole des Rotarmisten zeigte noch nach unten. Heger war nur zwei oder drei Meter entfernt und drückte den Abzug nach hinten. Das Sturmgewehr 44 spie einen Feuerstoß aus. Der Russe brach mit mehreren Körpertreffern und einem Stöhnen auf den Lippen zusammen. Mit einem Satz sprang der Rottenführer nach vorn und hielt den Lauf seiner Schnellfeuerwaffe in den Kellerraum. Etwas blitzte und krachte. Der Franke spürte den warmen Hauch eines Projektils nur Millimeter an seiner Wange vorbeipfeifen. Gleichzeitig hielt er auf den Lichtschein der Taschenlampe und jagte einen kurzen Feuerstoß aus seinem Gewehr. Der Russe wurde mehrfach getroffen und fiel zu Boden. Die Taschenlampe fiel aus seinen Händen. Der Lichtkegel wanderte erst zur Kellerdecke, dann wurde er an Boden und Wand geworfen, wo er nach kurzem Wegrollen und Wackeln auch liegen blieb. Der russische Plünderer rührte sich nicht mehr.

Vom lauten Knall der Schussabgaben im geschlossenen Raum anfangs leicht taub, legte sich das dumpfe Gefühl an den Ohren glücklicherweise schnell wieder. Zwei weinende Kinder und eine noch unter Schock stehende Frau mittleren Alters starrten die Panzerjäger an.

„Sind noch mehr hier?", fragte Heger kurz und mit ernster Stimme.

Keine Reaktion. Erst als der Franke die Frage wiederholte, antwortete die Frau. „Ja! Hinten im Kohlenkeller sitzen die Jablonskis aus dem zweiten Stock!"

„Ihr müsst raus hier! Der Russe ist schon überall!"

„Ich gehe nicht weg. Mein Emil findet uns sonst nicht mehr. Er ist an der Front und ich warte auf ihn", kam es mit brüchiger Stimme.

„Sie haben gerade erlebt, was passieren kann! Denken Sie an die Kinder!"

Sörensen meldete sich. „Hier sind auch noch welche!"

Wumm

Der Panzer feuerte unaufhörlich. Dumpf drang das Abschussgeräusch an die Ohren der Landser.

„Wenn sie euch mit den toten Rotarmisten finden, erschießen sie euch. Und das wird noch das Harmloseste sein!"

Schluchzen.

„Wir müssen uns um den Panzer kümmern", drängte Rasmussen.

„Gehen Sie! Nehmen Sie Ihre Kinder und gehen Sie", bat Heger, drehte sich um und verließ den Keller. Mehr konnte er nicht tun.

Als die drei Landser wieder im Hausflur des Erdgeschosses waren und kurz beratschlagten, wie sie weiter vorgehen sollten, kamen auch die Zivilisten nach oben. Beide Familien huschten durch den Hintereingang in den Garten.

„Gott, wenn es dich wirklich gibt, stehe ihnen bei", stieß Heger aus, dann konzentrierte er sich auf seine Aufgabe. „Wenn wir jetzt rausgehen, wirst du sofort blenden …", sagte er zu Rasmussen, „… und du, Sörensen, musst uns Feuerschutz geben! Insbesondere falls Infanterie da ist! Ich setze die 3 kg-Packung auf den Stalin!"

Bevor einer einen Einwand vorbringen konnte, riss Heger die Tür zur Straße auf. Der Stalin II Panzer stand nur zehn Meter von ihnen entfernt mit zerrissener Kette und feuerte Granate um Granate ab. Russische Infanterie war nicht zu sehen. Ob diese nächst der Stahlfestung in Deckung lag oder schon weiter vorgerückt war, interessierte Heger in diesem Moment nicht. Seine Augen hatten sich am Panzer festgefressen. Ihn wollte er vernichten.

Sörensen hielt sein Sturmgewehr im Anschlag. Rasmussen warf den Blendkörper und zog gleich darauf eine Nebelgranate aus dem Koppel. Heger rannte los. Sein Herz klopfte. Er erreichte den Panzer. Der Stahlkoloss wirkte gewaltig und angsteinflößend. Der Panzerjäger wuchtete die Sprengladung auf den Panzer und zählte beim Weglaufen im Gedanken mit. Die Nebelhandgranate wurde gezündet. Von irgendwoher wurden sie beschossen. Projektile schlugen gegen die Hauswand. Ein Fensterrahmen zersplitterte und wurde schließlich durch zwei Treffer vollends aus dem Gemäuer gerissen. Rasmussen und Heger hechteten mehr in den Hausflur als sie rannten. Sörensen wuchtete die massive Holztür hinter sich zu. Eine gigantische Explosion folgte.

„Raus hier!", plärrte Heger.

Die Jäger hasteten in den Hinterhof. Von den Zivilisten war nichts mehr zu sehen. Heger dachte kurz an die Frau mit ihren beiden Kindern. *Sie kennt sich hier aus. Sie wird es schaffen,* redete er sich ein. Dann orientierte er sich und rannte los. Wie von einer Wolfsmeute gehetzt, flüchteten die Männer der Waffen-SS zurück zur Ausgangsstellung. Als sie ohne weitere Zwischenfälle dort ankamen, stellen sie erleichtert fest, dass ihre Kameraden immer noch hier waren.

„Der Iwan scheint seine Taktik zu ändern. Im Moment wird es ruhig", erklärte man dem Rottenführer. „Gute Arbeit. Danke", wurde nachgeschoben.

Ein Blick auf den brennenden Stalin II ließ Hoffnung aufkeimen.

„Der Russe ist zu schlagen!"

Ein Nachrichter winkte hektisch und machte auf sich aufmerksam. „Der Rückzug ist befohlen worden. Wir müssen sofort nach Biesdorf abrücken!"

„Warum?", fragte Rasmussen.

„Befehl ist Befehl", kam die schnelle Antwort von Jancea.

„Der Russe ist zu stark. So eine Masse können wir hier nicht aufhalten. Eine geschlossene Abwehrlinie ist da wohl besser geeignet!"

„Und die finden wir in Biesdorf?"

„Heger …", presste der verwundete Oberscharführer Heller über die Lippen, „… übernimm du den Zug. Ich bin zu schwach … dafür."

„Welchen Zug? Wo sind unsere Leute?"

Die Pioniere und ein paar von den Grenadieren kamen angelaufen.

„Rückzug", rief ihnen einer zu.

„Habt ihr eine Trage?"

Kopfschütteln.

„Dann muss es so gehen", stieß Lerby aus und rief Jancea zu sich. Die beiden Soldaten griffen links und rechts zu. Der Verwundete wurde hochgewuchtet und gestützt.

„Ahh…", stöhnte Heller.

Immer wieder knallten kleinere Explosionen los. Die Panzerjäger drehten sich um. Einer der Pioniere sah die fragenden Blicke seiner Kameraden. „Wir haben Sprengfallen in ein paar der Häusern gelegt. Der Iwan wird viel Zeit brauchen, wenn er jedes Haus durchsucht", erklärte er kurz und setzte dabei ein Gesicht auf, als ob diese Vorgehensweise für Pioniere selbstverständlich wäre.

„Sehr … gut", stöhnte Heller.

Zwei weitere Stalin II Panzer schoben sich am brennenden Wrack vorbei. Dahinter war Infanterie zu sehen. Dicht gedrängt gingen sie im Schutz der schweren Panzer vorwärts.

„Weg hier!", befahl Heger energisch.

Zwei Pioniere legten eine Druckschiene mit zwei T-Minen aus. Mittig darüber platzierten sie Ziegelsteine. Ein Dritter zog eine halb zerfetzte Tür hinter sich her. Diese legten die findigen Landser auf die Ziegelsteine.

„Die Panzerfahrer werden sich nicht die Mühe machen und unter die Tür sehen, bevor sie drüberfahren", grinste einer der Landser hämisch.

Ein anderer Pionier band eine Stockmine an einen großen Stein und zog einen dünnen Draht durch den Zugzünder. Den gespannten Draht wickelte der Soldat drei Meter weiter um ein aus einem Schutthaufen herausragendes Eisenteil. „Und das ist für die Infanterie!"

„Das werden sie sehen", meinte Lerby, als er mit dem Oberscharführer an der Sprengfalle vorbeiging.

„Glaube ich nicht, denn die Grenadiere werden ihr lMG in Schussweite aufbauen und ein paar Feuerstöße abgeben, wenn die ersten Braunhelme um die Ecke kommen! Und wenn sie im Schutz ihrer Panzer vordringen, knallt es erst unterm Panzer und dann kracht die Stockmine. Das lMG-

Nest kann zurückgenommen werden und wir haben wieder 'ne gute Viertelstunde oder mit Glück sogar etwas länger an Zeit gewonnen."

Wumm

Eine Panzergranate schlug in den zweiten Stock eines Wohnhauses ein. Gesteinsbrocken wirbelten durch die Luft und landeten hart auf der Straße und in den Trümmerhaufen. Staubwolken wehten an der Trefferstelle umher.

„Wir sollten uns beeilen", meinte jemand.

Sich nach allen Seiten sichernd, zogen sich die Nordländer zurück. Der Plan der Pioniere ging auf. Als die Sowjets die Kreuzung erreicht hatten, schoben sich die schweren Stalin II vor. Im Schutz der Kolosse folgte die Infanterie. Als einer der beiden Panzer unweigerlich auf die Minen fuhr und manövrierunfähig liegenblieb, verließen die begleitenden Rotarmisten ihre gesicherte Position. Das leichte Maschinengewehr der Grenadiere jagte ein paar Salven hinaus und panisch sprangen die Infanteristen umher, um sich neue Deckung zu suchen. Die ausgelegte Stockmine detonierte und mehrere Rotarmisten blieben mit Splitterverletzungen laut schreiend liegen. Das Aufschreien der Verwundeten hallte durch die Straßen. Das deutsche Maschinengewehrnest jagte noch ein paar weitere Salven aus dem Rohr, dann verlegte auch die MG-Bedienmannschaft weiter zurück.

Der Angriff der Roten Armee kam zwar mit voller Wucht an, doch aufgrund des unerwartet harten und verbissenen Kampfes der *11. SS-Freiwilligen-Panzer-Grenadier-Division „Nordland"* kamen sie nur sehr langsam voran. Um jedes Haus, um jede Straße wurde erbittert gerungen. Kein Meter Boden wurde kampflos preisgegeben.

Die Angriffswellen klatschten unbarmherzig gegen die Häuserfront Berlins, wie die Wellen einer Sturmflut gegen gewaltige Deiche. Sie wurden abgeschmettert und dennoch höhlten sie den Damm so lange erbarmungslos aus, bis er zerbrach. Unaufhaltsam sickerte die Rote Armee in die Reichshauptstadt ein.

Heger und seine Männer trafen auf zwei weitere Pak-Besatzungen des zusammengewürfelten Zuges von Oberscharführer Heller. Beide waren motorisiert und ihre Kanonen wurden von Schützenpanzerwagen gezogen.

„Rauf mit euch!", rief ihnen ein Sturmmann zu.

Schnell kletterten die Soldaten auf den SPW. Alle rückten zusammen.

„Besser schlecht gefahren als gut gelaufen", scherzte einer der Grenadiere. Er saß am Heck des Halbkettenfahrzeugs. Ein Bein hing in den SPW, eines war draußen und an den Stahl gepresst. Mit beiden Händen hielt sich der Landser fest.

Sie benutzten passierbare Straßen und schlängelten sich zwischen Hindernissen durch. Hin und wieder begegneten sie dem Volkssturm.

„Die Alten und die Jungen", meinte ein Pionier leidenschaftslos, als er Deutschlands letzte Hoffnung sah.

Bewaffnet mit ein paar K 98, ein paar belgischen Karabinern FN 1924/30 und mit Panzerfäusten huschten sie in Ruinen, verschwanden in Kellern oder verbarrikadierten sich hinter zuvor schnell errichteten Straßensperren. Geführt wurde diese *Armee der Verlorenen* bisweilen von Unterscharführern, die selbst keine zwanzig Jahre alt waren.

„Wenn der Iwan kommt, werden sie keine fünf Minuten überleben", stieß Heger aus und wunderte sich über den Enthusiasmus, den die jungen Kerle ausstrahlten, während die Älteren unter ihnen meist ausdruckslose Gesichter hatten.

Als sie weiterfuhren, stellte Heger fest, dass die meisten Volkssturmleute mit Barrikadenbau beschäftigt waren. Pflastersteine wurden herausgerissen, Eisenträger in die Böden gerammt. An Trambahnschienen standen Waggons bereit, die mit Steinen beladen waren. Sie sollten zu gegebener Zeit in die Straßenmitten oder Kreuzungsbereiche geschoben oder gezogen werden.

Berlin glich einem Hexenkessel. Nichts von der einstigen Großstadtmetropole erinnerte in diesem Moment an glorreiche und friedliche Zeiten, wie z.B. an die olympischen Spiele, als die ganze Welt zu Gast war.

Obwohl sie sich im Kampfgebiet befanden, huschten noch viele Zivilisten durch die Straßen. Sie waren auf der Suche nach Lebensmitteln. Entdeckte man ein im Artillerie- oder Bombenangriff getötetes Pferd, waren Schlachter nicht weit weg. Zivilisten zückten verborgen getragene Messer und Beile. Im Nu war ein Tier zerlegt und mit verstohlenen Blicken und blutigen Fleischstücken unter den Mänteln versteckt, traten die ums Überleben kämpfenden Bewohner Berlins wieder ihre Heimwege an.

Bild 183 - Allgemeiner Deutscher Nachrichtendienst - Zentralbild

ADN-ZB/SNB II.Weltkrieg 1939-1945. Der Kampf um Berlin vom 26.4.-2.5.1945. Noch ehe der Kampf verstummt ist, wagen sich hungrige Berliner, hier in Tempelhof vor dem Flughafengeländer, aus den Kellern hervor, um gefallene Pferde zu zerlegen.

Berlin-Tempelhof.- Einwohner beim Zerlegen eines Pferdes, Fotograf: ohne Angabe, Agentur SBN, Mai1945, Bundesarchiv, Signatur: Bild 183-R77871

Als der Zug der Nordländer im Stadtteil Biesdorf ankam, suchten die Panzerjäger zuerst die Verwundetensammelstelle. Wehrmachtseinheiten kreuzten. Ein Sanitätsunteroffizier zeigte den Weg zu einem hastig eingerichteten Verbandsplatz. Verwundete aller Waffengattungen fanden sich dort ein. Ein Sanka raste durch die Straßen. Auf Pferdekarren wurde Munition und Verpflegung kutschiert. Nachrichtenmänner liefen neben aufgeregt herumfuchtelnden Offizieren einher. Funksprüche wurden pausenlos abgesetzt. Ein Scharführer schickte seine Männer in die Häuser. Gewehrläufe tauchten an den Fenstern auf. Am Ende der Straße rollten zwei Königstiger nach vorn.

„Deren 8,8 cm Kanone ist die richtige Antwort für die sowjetischen Panzer", sagte jemand.

Melder auf Krädern, zu Fuß und auch einer zu Pferd, wurden gesichtet. Heger schüttelte nur den Kopf, als er den berittenen Melder sah. „Das erinnert mich an einen Karl May Roman", meinte er verblüfft.

„Dort sind sie", hörte er jemanden rufen.

An einem unscheinbaren Haus war ein großes weißes Leintuch mit einem roten Kreuz darauf gepinselt zu sehen. Heller war zwar bei Bewusstsein, doch der Oberscharführer wurde immer schwächer. Die ursprüngliche Gesichtsfarbe hatte einem wächsernen Weiß Platz gemacht.

Der Schützenpanzerwagen hielt an.

„Hab´ dich schon mal in besserer Verfassung gesehen", sagte Heger aufrichtig und griff seinem Zugführer unter die Schulter. Gemeinsam mit zwei weiteren Kameraden half er dem Verwundeten auf.

„Dan…ke", hauchte der Verletzte aus. Heller versuchte sich ein Grinsen abzuringen.

Ein älterer Stabsarzt tauchte im Türrahmen auf, lehnte sich an und machte den Eindruck, als wolle er für ein paar Minuten in Ruhe durchatmen. Der ehemals weiße Kittel des Mannes war vom Blut seiner Patienten besudelt. Das Haar des Truppenarztes der Wehrmacht war kurz geschoren. Der Offizier nahm seine Nickelbrille ab und wischte mit einem sauberen Taschentuch über die Gläser. Er bemerkte die SS-Männer und machte einen Schritt zur Seite. „Bringt ihn hier rein", sagte er leise und ging zurück ins Haus.

Am Eingang sah Heger ein kleines Schild. „Hier drin war mal ´ne Arztpraxis", keuchte er.

„Da bist du richtig gut aufgehoben", fügte einer der anderen Träger hinzu.

Es roch nach Karbol. In den Gängen saßen mehrere Soldaten mit Verbänden.

„Vorsicht!", rief jemand, dann trat ein kräftiger Sturmmann mit einer gepolsterten Drahtschiene am Arm in den Flur.

„Kamerad, dir haben sie ja einen mächtigen *Stuka-Verband* verpasst", staunte einer.

„Mmhh", murrte der Verarzte und setzte sich auf den letzten freien Stuhl.

Ein Sanitätssoldat sah Heller und winkte die Gruppe SS-Männer sofort zu sich. „Ihr könnt gleich hier rein kommen. Dr. Remmler ist sofort da."

Sie betraten den Raum und legten Heller auf den Behandlungstisch. „Für dich ist der Krieg aus", flüsterte Heger ins Ohr des Oberscharführers. Heller antwortete stumm, indem er mit den Augen zwinkerte. Der Blutverlust hatte ihn merklich geschwächt.

„Platz da!"

Eine kräftige Krankenschwester verschaffte sich Zugang und schob die Soldaten beiseite. Sie war der Typ von Frau, dem man nicht widersprach.

„Er hat einen Durchsch…", wollte Heger mitteilen, doch die resolute Krankenschwester hörte gar nicht hin.

„Horst, runter mit dem Verband. Wir brauchen Kochsalzlösung", fauchte sie einem Sanitätssoldaten zu.

Dieser hantierte im hintersten Eck des Raumes und würgte ein: „Bin schon dabei", hervor.

Erst jetzt wendete sich die Schwester Heger zu. „Ist noch was?"

Verdutzt schluckte der Rottenführer. „Äh … nein."

„Dann raus mit euch!"

Zurück beim Schützenpanzerwagen wurde eine Zigarettenpause eingelegt.

„Oh Mann, bei der Oberschwester hätte ich jeden Tag freiwillig ein Glas Rizinusöl getrunken!"

„Morgens und abends", legte Heger drauf.

„Wie geht's weiter?", erkundigte sich Rasmussen.

„Wir müssen unsere Einheit finden. Irgendwo muss der Bataillonsgefechtsstand ja sein!"

Während sie beratschlagten, fummelte der Nachrichtenmann pausenlos an seinem Funkgerät herum. Immer wieder versuchte er Kontakt zum Bataillonsgefechtsstand herzustellen. Als er die Hoffnung schon aufgeben wollte und ein: „Leck mich doch am …", auf den Lippen hatte, antwortete jemand. Ganz aufgeregt rief er Heger und den Unterscharführer der Pioniere zu sich. „Ich habe sie! Jetzt weiß ich, wo die Kameraden sitzen."

Die Panzerjäger, die Pioniere und die Handvoll Grenadiere sollten unverzüglich zum Gefechtsstand verlegen. Zwei Straßenzüge weiter standen sie schließlich vor einem Untersturmführer, der das Kommando übernommen hatte. Sowohl Rottenführer Heger, in Vertretung von Oberscharführer Heller, als auch der Unterscharführer der Pioniere sowie ein Rottenführer der Grenadiere, lieferten in der provisorisch in einer Wohnung eingerichteten Schreibstube einen kurzen Bericht ab. Namen von Gefallenen wurden notiert.

„Das Schriftliche machen wir später", meinte einer der Schreibstubenhengste.

„Wir brauchen bald Benzin. Die Tanks der Schützenpanzerwagen sind weit unter halb!"

„Wir tun, was in unserer Macht steht!"

„Wie sieht es mit Munition und Verpflegung aus?", fragte der Gruppenführer der Pioniere.

„Wie gesagt, wir tun, was in unserer Macht steht!"

Der Untersturmführer ließ antreten. Der zusammengewürfelte Haufen der Nordländer stellte sich vor den beiden Schützenpanzerwagen locker auf. Jancea betrachtete die angehängten Pak, konzentrierte sich aber schnell wieder auf den Untersturmführer.

„Ich möchte mich kurz vorstellen", begann der Offizier seine Ansprache. „Ich bin Untersturmführer Henning Gode und hatte bislang ein Kommando bei den Aufklärern. Die aktuelle Situation verlangt schnelles Handeln und aus diesem Grund werde ich die Stelle des Gefallenen Obersturmführers Kesselbrink ...", der Offizier machte eine kurze Pause, als er die erstaunten Gesichter der Panzerjäger sah.

„Unser Kompaniechef ist tot?", raunzte Rasmussen fragend aus.

„Beim Rückzug gerieten sie in feindliches Artilleriefeuer. Obersturmführer Kesselbrink, Hauptscharführer Klerk und Sturmmann Anderson sind gefallen. Die gesamte Division ist momentan etwas ...", er überlegte kurz, „... zersplittert. Es werden Kampfgruppen gebildet und wir sind eine davon. Wir werden in genau dieser Zusammensetzung bleiben und noch heute hinter die Spree verlegen. Während die Kameraden der Panzer-Aufklärung in Neukölln die Divisionsreserve bilden, wird die restliche Division wichtige Spreebrücken besetzen und sichern", erklärte der Offizier.

Der Unterscharführer der Pioniere meldete sich zu Wort. „Herr Untersturmführer, darf ich nachfragen, wo sich meine Einheit befindet?"

Der SS-Führer sah die Waffenfarbe. „Das *Pionier-Bataillon 11* hat sich nächst des Treptower Parks und des Plänterwaldes an das *III. SS-Panzer-Grenadier-Regiment 24* angeschlossen. Sie halten dort am Ostkreuz noch einen kleinen Brückenkopf, bevor sie sich nach Anweisung über die Spree zurückziehen. Das *23. Regiment* und die Männer der *Flak-Abteilung 11* sind in Schönweide und Adlershof. Und damit sie alle vollkommen aufgeklärt sind ...", fuhr der Offizier fort und sah auf einen kleinen Notizzettel, der sich in seiner Hand befand, „... kann ich ihnen noch mitteilen, dass unsere Regiments-Artillerie in Britz Stellung bezogen hat."

Heger wirkte unruhig, was dem Untersturmführer nicht verborgen blieb. „Rottenführer, was ist ihr Problem?"

„Wir haben unseren Oberscharführer zwei Straßen weiter in einer Arztpraxis, also in einer Verwundetensammelstelle …"

„Ich weiß, worauf Sie hinaus wollen. Sanitätsfahrzeuge rollen ohne Ende durch die Straßen und bringen unsere Verwundeten zurück. Zumindest wurde mir das so gemeldet. Wir lassen unsere Kameraden nicht im Stich, wenn wir uns aus taktischen Gründen zurückziehen sollten."

„Danke", kam die Antwort, doch Heger wusste, dass die Wirklichkeit anders aussah. Gedanklich verabschiedete er sich bereits jetzt von seinem Kameraden Heller. Ein bitteres Gefühl.

Zwei Essensträger von der Feldküche kamen die Straße herauf. Sie zogen eine beladene Handkarre hinter sich her. Ein paar Kinder folgten. Scheinbar bettelten sie nach etwas zu Essen, wurden aber von den beiden Soldaten immer wieder verscheucht.

Als der Untersturmführer die beiden Essensträger sah, grinste er. „Hier kommt unsere Verpflegung. Was Treibstoff und Munition angeht, werden wir wohl noch warten müssen. Sie haben eine halbe Stunde Pause, dann verlegen wir!"

Heger erkannte die Gehilfen seines Kameraden Horatz. „Wo ist denn unser gutmütiger Küchenbulle?", erkundigte er sich.

„Du meinst Josef? Josef Horatz?"

„Klar. Er hat uns doch gestern die prima Buletten in die Kochgeschirre gezaubert."

„Dem hat eine russische Granate ein Bein abgerissen."

Heger erstarrte. „Was ?... Wie?", stotterte er geschockt.

„Es hat ordentlich gerumst. Als wir ihn gefunden haben, hat er noch gelebt. Wir haben ihn natürlich sofort verbunden und wollten ihn zum nächsten Arzt bringen, aber der Blutverlust war offensichtlich zu groß. Der arme Kerl ist auf dem Weg zum Lazarett gestorben."

Verfluchter Krieg! Wir sind alle keine Menschen mehr. Wir sind Tiere! Nichts als wilde Tiere. Wann hört dieser Wahnsinn auf?

Die Kaltverpflegung wurde verteilt. Dosenfleisch, Dosenwurst und Streichkäse aus der Tube. Dazu gab es je ein halbes Kommissbrot und eine Packung Dauerbrot. In die Feldflaschen füllten sie frischen Kaffee. Jeder bekam 15 Zigaretten und je zwei Mann eine Flasche Rotwein.

„Hast ihn gut gekannt?"

Heger nickte und steckte sich eine Zigarette in den Mund. „War ein klasse Kerl. Immer erwischt es die Falschen", murmelte er und warf den immer noch herumstehenden Kindern den Tubenkäse, eine Dose Leberwurst und das halbe Kommissbrot zu. „Haut ab! Lauft nach Hause und geht über die Spree! Sagt das euren Eltern!"

Die Kinder packten gierig die geschenkten Lebensmittel zusammen und rannten davon. Heger setzte sich hin, nahm einen Schluck lauwarmen Kaffee und spürte, wie das Erfrischungsgetränkt hart in seinem Magen landete. Auch die Zigarette schmeckte bitter. „Verfluchter Krieg", stieß der Rottenführer schließlich laut aus und ging zum Schützenpanzerwagen. Dort kramte er aus einer Tasche eine Karte Berlins hervor und betrachtete diese für einen Moment. Er fand ihre Position und sah die eingezeichneten Brücken über der Spree. „Der Kreis schließt sich! Berlin wird unser Schicksal besiegeln."

Mit einer bis dahin nicht gekannten Leere im Kopf stieg Rottenführer Heger auf den Schützenpanzerwagen. Untersturmführer Gode saß auf dem Beifahrersitz eines Kübelwagens. Dunkle Flecken im Fahrzeuginneren zeugten von getrocknetem Blut. Die Karosserie war seitlich übersät von Einschusslöchern.

„Wer immer hier drin saß, er hat nicht überlebt", entfuhr es Sörensen, dessen Augen wie gebannt am zerschossenen Militär-Pkw hingen.

Im Hintergrund hörten die Soldaten der Waffen-SS wieder heftigen, stetig ansteigenden Kampflärm.

„Der russische Bär holt mit seiner Pranke aus", sagte Jancea und drehte sich nach hinten um.

„Dann muss der Bär jetzt höllisch aufpassen, denn ich habe einige Rechnungen mit ihm zu begleichen!"

Rottenführer Heger war durch ein Wechselbad der Gefühle gegangen. Trauer um seinen guten Kameraden Horatz sowie tiefstes Mitgefühl und Sorge um den verletzten Oberscharführer Heller lenkten den eigentlich besonnen agierenden Panzerjäger erst in eine Art Resignation, die sich nach und nach zu geballter Wut umwandelte. An einer Mauer las Heger wieder einen Spruch:

Berlin bleibt deutsch!

Er ballte die Hände zu Fäusten. Der Franke wusste, dass er bis zum letzten Atemzug gegen den anstürmenden Feind kämpfen würde. Wut wurde zu Hass, als er an die deutschen Flüchtlinge aus Ostpreußen dachte. Dann kam wieder die Einsicht, als er an die Gräueltaten dachte, die von den deutschen Truppen ausgegangen war. Er schloss die Augen.

Was ist richtig, was ist falsch?

Der SPW ruckelte und bremste ab. Volkssturmleute schoben gerade einen Straßenbahnwaggon zur Seite. Es waren Mädchen und junge Frauen dabei, die sich freiwillig zum Kampf und zum Arbeitseinsatz gemeldet hatten. Ihre Augen strahlten Stolz aus. Sie lachten und waren sich siegessicher. Der Rottenführer war verwundert, mit welcher Inbrunst sie ans Werk gingen. Für sie musste er kämpfen. Eines der Mädchen winkte ihnen zu: „Heil Hitler! Wir jagen die rote Brut aus der Stadt!"

Sie fuhren weiter. Heger hob kurz die Hand. Jancea und Sörensen winkten ebenfalls zurück.

„Wir sehen uns in ein paar Tagen wieder und gehen zum Tanzen", rief Rasmussen.

Im Hintergrund hörten sie, wie die jungen Menschen ein Lied anstimmten. Läge die Stadt nicht in Trümmern und würden das Grollen der Geschütze und das Brummen der Panzermotoren nicht den Vogelgesang verhindern, dann könnte man die herrliche Frühlingssonne nutzen und einen schönen Spaziergang machen.

Heger grübelte. *Sie sehen ihrem Ende singend entgegen. Die Propaganda hat die Gehirne der Deutschen zersetzt. Oder sind wir alle verrückt geworden?*

Schutt, Asche, Ruinen. Nichts, was die Nordländer sahen, erinnerte an die einst so stolze Reichshauptstadt.

„Russen und Alliierte haben ganze Arbeit geleistet", sagte Sörensen. Es hatte den Anschein, dass der Däne erst jetzt die zerstörte Stadt richtig wahrnahm.

„In London sieht es genauso aus", konterte Rasmussen. „Und in Russland haben wir auch verbrannte Erde hinterlassen", fügte er mit hoch erhobenem Haupt hinzu.

„Hast du Geschwister? Wo sind deine Eltern und Großeltern?", fragte Heger, der sich über die naive Denkweise Rasmussens innerlich fürchterlich aufregte und statt der Worte in diesem Moment lieber die Faust benutzt hätte. Aber die Vernunft hielt den Soldaten der Waffen-SS von seinem Vorhaben ab.

„Sie sind eigentlich in der Nähe von Aachen, auf dem Land. Aber als die Amis angerückt sind, fuhren sie zum Bruder meines Großvaters nach Bayern. Er hat dort einen großen Aussiedlerhof", grinste der junge Fanatiker. „Bis zur Kriegswende wird ihnen die Landluft gut tun!"

„Und was sollen diejenigen sagen, deren Familien hier leben? Oder soll ich sagen, hier lebten und nun in den Trümmern liegen, weil sie im Bombenhagel starben? Was ist mit der verbrannten Erde hier im Reich? Was ist mit den Zigtausenden Ostpreußen, die alles verloren haben? Und wo ist die Kriegswende? Ist der Volkssturm dort draußen etwa unsere Geheimwaffe? Hitlers ...", Heger wurde in seinem wütenden Redefluss gestoppt.

Sörensen schlug dem Rottenführer den Ellbogen in die Seite. Der Däne wollte verhindern, dass sich sein Kamerad um Kopf und Kragen redete und am Ende vor den Läufen eines Exekutionskommandos landete.

Rasmussen starrte Heger wortlos an. Seine Augen flogen über die Trümmerhaufen. Im Gesicht des SS-Mannes vollzog sich eine sichtbare Wandlung. Die siegessichere und glanzvolle Ausstrahlung schien von einem auf den anderen Moment gebrochen worden zu sein. Alle Augen hingen am jungen Panzerjäger. Jeder wollte wissen, wie er reagierte.

„Dann ... dann wäre ich nicht so gut gelaunt", räumte er ein und ließ es dabei bewenden.

Die Fragen beantwortete er nicht weiter. Es war fast eine Erlösung, als sie die Spree erreichten, am Fluss entlang fuhren und schließlich eine Brücke überquerten. Der Fahrer des SPW fuhr an die Seite und blieb hinter dem Kübelwagen von Untersturmführer Gode stehen.

„Absitzen!", brüllte der Offizier und ließ die zusammengewürfelte Truppe antreten.

Untersturmführer Gode stellte sich vor die Soldaten.

Erst jetzt bemerkte Heger, dass die linke Hand seines neuen Vorgesetzten in einem schwarzen Handschuh steckte, während er mit der rechten ohne Handschuh herumfuchtelte.

„Wir werden auf der anderen Flussseite links und rechts der Brücke Stellung beziehen. Die Paks positionieren wir hier auf dieser Seite", sagte Gode, trat näher an die Männer heran und schritt die lose Reihe ab. „Die Pioniere werden Sprengladungen anbringen. Sollten wir die Brücke nicht gegen den Russen halten können, werden wir sie zerstören!"

„Was ist mit Zivilisten?", fragte der Unterscharführer der Pioniere.

„Wie meinen Sie das? Formulieren Sie die Frage konkreter!"

Der Unterscharführer räusperte sich. „Wir hatten mal eine ähnliche Situation. Russische Soldaten folgten unserer Nachhut und wir sollten die Brücke, auf der sie sich befanden, hochjagen!"

„Und? Haben Sie es getan?"

„Wir haben gekämpft wie die Löwen!"

„Haben Sie die Brücke gesprengt?"

In dieser Sekunde schienen die Geräusche um die Truppe herum verstummt zu sein. Alle warteten auf die Antwort des Gruppenführers der

Pioniere. „Ja! Wir haben die Brücke gesprengt, nachdem wir keine andere Möglichkeit mehr hatten, den Feind aufzuhalten und so etliche hundert Soldaten vor dem sicheren Tod oder der drohenden Gefangenschaft zu retten!"

„Und genauso werden Sie sich hier verhalten! Es ist egal, wer sich auf der Brücke befindet. Wenn es die Situation erfordert, müssen wir strikt nach Befehl handeln. Wir sind Soldaten! Wir sind nicht irgendwelche Soldaten, wir gehören zur *11. SS-Freiwilligen-Panzer-Grenadier-Division „Nordland"* und damit zur Elite des Großdeutschen Militärs. Wir sind die Letzten, die in der Lage sind, der Roten Armee Einhalt zu gebieten! Daran dürfen Sie nie zweifeln!"

Gode ging die Reihe bis zum Ende, kehrte um und ging zurück.

„Vom Divisionsgefechtsstand, wohin ich beste Kontakte habe, erfuhr ich vorhin, dass von der *Heeresgruppe „Weichsel"* die *25. SS-Division* zu uns verlegt wird. Ich gehe von einem Eilmarsch aus. Vielleicht wird eine kampfstarke Voraueinheit sogar eingeflogen."

Rasmussen stieß Jancea an. „Das sind die Ungarn", flüsterte er und stellte sich gerade hin. Diese Nachricht überzeugte ihn komplett davon, dass sie Berlin halten würden. „Hier wird die …"

„Wenn Sie etwas zu sagen haben, dann sagen Sie es laut oder schweigen Sie!", wurde er von Gode angefahren.

Rasmussen erschrak. „Ich … äh …. also, ich wollte nur sagen, dass unser Führer einen genialen Plan entworfen hat, indem er den Russen hier im Hexenkessel Berlin den Garaus macht. Das ist die richtige Antwort auf Stalingrad!"

„Gut erkannt, junger Mann. Wie ist Ihr Name?"

„Grenadier Rasmussen, Herr Untersturmführer!"

Gode trat vor den jungen Soldaten. Er musterte ihn von oben bis unten. „Rasmussen, so wahr ich meine linke Hand für mein Vaterland geopfert habe, genauso wahr wird der Russe hier in Berlin sein Ende erleben! Ich bin überzeugt davon, dass Sie ein guter Gruppenführer werden. Wie heißt ihr jetziger Vorgesetzter?"

„Das ist …", er räusperte sich, „… das war Hauptsturmführer Kesselbrink und mein Gruppenführer war Oberscharführer Heller."

„Welcher mir das Kommando übertragen hat", mischte sich jetzt Heger ein.

Gode riss den Kopf herum. „Rottenführer, ich werde Rasmussen bei nächster Gelegenheit zum Sturmmann befördern, erinnern Sie mich bitte daran!"

„Zu Befehl!"

„Und jetzt wird die Brücke gesichert und alles zur Sprengung vorbereitet! Auf der anderen Uferseite möchte ich das lMG der Grenadiere und zwei Mann der Panzerjäger haben. Die Kanonen werden auf dieser Seite verdeckt aufgestellt! Auch die Schützenpanzerwagen bleiben hier. Wegtreten!"

Die Pioniere luden ihre Sprengmittel ab. Der Unterscharführer prüfte die Brücke und errechnete, wieviel Sprengstoff er für die Zerstörung des Bauwerks an welcher Stelle anbringen musste. Unterdessen verlegten die Grenadiere mit ihrem leichten Maschinengewehr wieder auf die andere Spreeseite. Scheinbar widerwillig schleppten sie von einem Trümmerhaufen Backsteine heran und bildeten nach und nach, durch Aufschichten der Steinbrocken, eine kleine Mauer.

Die Panzerjäger hingegen brachten als erstes die beiden Pak in Stellung und positionierten die Schützenpanzerwagen so, dass die Maschinengewehre auf das gegenüberliegende Ufer gerichtet waren.

Heger und seine drei Kameraden vom Panzervernichtungstrupp beobachteten die Pioniere bei deren Tätigkeit.

„Seht mal, jetzt klettert einer über die Brüstung", zeigte Jancea nach vorn. Gebannt schauten sie der akrobatisch anmutenden Arbeit zu. Der Pionier hatte ein Seil um die Brüstung gebunden und sich das andere Ende um den Bauch gewickelt. An dieser Sicherungskonstruktion hing er frei über der Spree baumelnd unter der Brücke und fuchtelte herum. Ein zweiter Pionier zog ihn auf Zuruf ein Stück nach oben und reichte ihm einen Rucksack. Damit ließ sich der Soldat wieder unter die Brücke hinab seilen. Er befestigte etwas aus dem Rucksack unter der Brücke.

„Das kostet Kraft ohne Ende. Der Kerl muss früher im Zirkus …", Jancea stockte der Atem. Der am Strick hängende Pionier zog sich gerade wieder nach oben, als plötzlich das Seil riss.

„Ahh!", ertönte es laut, bevor ein Platschen folgte.

„Hilfe! Ernst ist ins Wasser gefallen!", plärrte der Pionier auf der Brücke und ruderte dabei wild mit Armen.

Sofort rannten die Kameraden des Verunglückten ans Ufer und dort den Fluss entlang.

„Ein Boot!", rief jemand. „Wir brauchen ein Boot!"

„Da ist er!", brüllte ein anderer, als der Pionier kurz auftauchte, nach Luft rang und wieder unterging. Wild kämpfte er gegen den eiskalten Fluss.

Obwohl die Spree in Berlin nur eine langsame Fließgeschwindigkeit besitzt, kämpfte der SS-Mann auch ohne starke Strömung gegen den Tod. Seine schwere Ausrüstung zog ihn unweigerlich in die Tiefe.

Zwei beherzte Kameraden hatten sich bis auf die Unterhosen ausgezogen und sprangen in das nur wenige Grad kalte Wasser. Jede Hilfe kam zu spät. Die verzweifelten Rettungsversuche schlugen fehl. Tapfer tauchten die Männer unter Wasser und kamen kurz darauf mit zitternden Lippen wieder nach oben.

Der Unterscharführer erkannte die Gefahr für die beiden Helfer im Wasser. „Raus! Schwimmt sofort ans Ufer zurück!", befahl er laut. „Holt Decken!", rief er anderen Pionieren zu. "Wir müssen die beiden Kameraden wärmen!"

Schweren Herzens schwammen die todesmutigen Retter ans Ufer. Zitternd vor Kälte saßen sie in ihren Decken am Ufer der Spree.

„Wie konnte das nur passieren?", donnerte der Gruppenführer der Pioniere aus.

Der zweite Mann am Seil kam angelaufen. Er hielt das gerissene Seil in der Hand. „Es lag am Seil! Ich kann nichts dafür. Es hat Ernst einfach nicht ausgehalten!"

Sie hielten noch ungefähr zwanzig Minuten Ausschau, doch der Verunglückte tauchte nicht wieder auf. Die Hoffnung wurde aufgegeben, der Vorfall für die fällige Meldung notiert.

„Wieder einer von uns vermisst", sagte Heger und steckte sich eine *Overstolz* in den Mund. Er zündete die Zigarette an und sah in die Gesichter seiner Kameraden. „Ich brauche einen Freiwilligen, der mit mir Posten auf der anderen Uferseite bezieht!"

„Ich natürlich", trat Rasmussen vor, dem die Worte des Untersturmführers immer noch in den Ohren klangen.

„In Ordnung! Wir rüsten auf und gehen rüber!"

Beladen mit jeweils zwei Panzerfäusten, ein paar Handgranaten und jeweils zwei vollen Ersatzmagazinen für ihre Sturmgewehre, gingen sie über die Brücke. An der Unglücksstelle schielte Heger kurz ins Wasser. Er sah die Kabel der Sprengladung und schüttelte den Kopf, als wollte er damit die Sinnlosigkeit des Unfalles bestätigen. Auf der anderen Spreeseite legten sie die Ausrüstung ab.

„Wir machen es wie die Jungs dort drüben", sagte Heger und begann große Steine zu sammeln, die er in einer Art Bogen schlichtete. Rasmussen half mit.

Eine Stunde später kauerten auch sie hinter einem aus Trümmersteinen gebauten Schutzwall. Sie saßen eine Weile da, schwiegen und betrachteten das Treiben um sie herum. Dem Rottenführer war aufgefallen, dass hin und wieder Zivilisten über die Brücke gingen. Er sah Menschen, die ihr Hab und Gut trugen, es auf Handkarren nachzogen, stellte zwei Pferdefuhrwerke fest, sah aber keine Autos.

Vermutlich liegt es am Treibstoffmangel, dachte er sich und genoss die letzte wärmende Kraft der untergehenden Frühlingssonne.

Der Kampflärm rückte näher und der Magen des SS-Mannes knurrte. Als Heger seinen Durst löschen wollte, stellte er fest, dass die Feldflasche so gut wie leer war. „Es wird Zeit, dass die Verpflegung anrollt", murrte er und sah auf die Uhr.

„Wann werden wir denn abgelöst?", fragte Rasmussen, der sich zusehends langweilte.

„Wenn ich es befehle", antwortete Heger und dache nicht im Traum daran, den Dänen und Jancea über Nacht auf den verlorenen Posten zu setzen. Wenn Rasmussen nach Höherem strebte, sollte er sich das redlich verdienen. Der Rottenführer war der Meinung, dass der junge SS-Soldat das Herz zwar am rechten Fleck hatte, aber gedanklich immer noch in einer Sphäre schwebte, die im Sterben lag. Er sollte nicht in einen unnützen tödlichen Strudel geraten.

Eine halbe Stunde später näherte sich ein älteres Ehepaar. Der Franke schätzte beide über siebzig. Die Frau trug zwei prall gefüllte Taschen, der Mann hatte einen vollen Rucksack umgeschnallt und zog einen Leiterwagen. Auf Höhe der Verteidigungsstellungen blieb die Frau abrupt stehen und starrte Heger an. „Sieh mal Otto, der Soldat sieht aus, wie unser Fritzchen."

„Komm weiter, Erna."

„Jetzt sieh doch mal."

Rasmussen schmunzelte. Die Grenadiere gegenüber verfolgten die Szene wortlos. Heger fühlte sich etwas unwohl in seiner Haut.

Der alte Mann betrachtete den Panzerjäger. „Junge, wo kommst du denn her?", fragte er den Rottenführer unverrichteter Dinge und achtete nicht auf Höflichkeitsformeln. Das Alter gab ihm wohl das Recht dazu.

„Ich komme aus Franken."

„Siehst du Erna, das ist nicht unser Fritzchen."

„Aber er sieht ihm so ähnlich."

Der Mann wendete sich wieder Heger zu. „Unser Fritzchen ist in Stalingrad vermisst. Wir glauben ja, dass er noch lebt, aber wir bekommen einfach kein Lebenszeichen. Deshalb werden wir auch hier in Berlin bleiben. Er findet uns doch sonst nicht mehr, wenn er eines Tages nach Hause kommt."

Sofort erinnerte sich Heger an die Frau im Keller. Auch sie wartete verzweifelt auf ihren Mann und dachte, er findet seine Familie nicht mehr, wenn sie weggehen würde.

„Vielleicht sollten sie aufs Land gehen und nach dem Krieg wieder hierher zurückkommen."

„Wir dürfen Berlin nicht verlassen. Der Führer möchte, dass wir bleiben. Berlin ist doch eine Festung und der Russe wird ...", eine Träne rann über die Wangen des alten Mannes.

„Schon gut, Väterchen", sagte der Panzerjäger mit ruhiger Stimme. Er war aufgestanden und zu den beiden hingegangen. Der Rottenführer legte die Hand auf die Schulter des Mannes. „Es wird schon wieder alles gut werden. Ich bin sicher, dass Ihr Fritzchen noch lebt. In diesen Kriegswirren dringen kaum noch Nachrichten durch. Sicher werden Sie demnächst eine Botschaft von ihrem Sohn erhalten."

„Gib dem jungen Mann eine Salami, Otto!"

„Gern."

Der alte Mann hievte den Rucksack nach vorn, griff hinein und zog eine lange Salamistange heraus. Dann kramte er ein gut riechendes rundes Brot hervor. „Das ist echtes Roggenbrot. Wir waren auf dem Land und haben ein gutes Geschäft gemacht."

Die Augen des Mannes wanderten über alle fünf Soldaten, die hinter den beiden Wällen saßen. „Ach was", sagte er schließlich. „Wir beide brauchen nicht so viel. Ich gebe euch noch eine Salami."

Kaum ausgesprochen, zog er noch eine Salami aus dem Rucksack und reichte sie den Grenadieren. Sofort sprang einer der Männer über die Brüstung und nahm dankend das wertvolle Geschenk an.

„Das Roggenbrot müsst ihr euch teilen. Davon habe ich nur zwei Stück und eines brauchen wir selbst."

„Vielen Dank! Möchten Sie dafür eine Zigarette haben?", fragte Heger und zog seine Packung *Overstolz* hervor.

Die Augen des alten Mannes glänzten erst, dann lehnte er ab. „Ich habe vor vielen Jahren damit aufgehört. Meine Frau mochte den Tabakrauch nicht."

„Komm, Otto", drängte die alte Frau. „Es wird bald dunkel!"

„Auf Wiedersehen!"

Sie zogen weiter. Heger blickte noch eine Zeitlang nach und hatte Mitgefühl. „Der Verlust ihres Sohnes war sicherlich so hart, dass sie es niemals überwinden werden. Verfluchter Krieg", murmelte er.

„He, Kamerad. Willst du uns ein Stück vom Brot abgeben?"

Wortlos zückte Heger sein Messer und schnitt das Brot in dicke Scheiben. „Bring das den Grenadieren", sagte er zu Rasmussen, der ohne Widerspruch dem Anliegen nachkam.

Zwei junge Burschen, um die fünfzehn oder sechzehn Jahre alt, waren die nächsten Zivilisten, die sich der Brücke näherten. Beide trugen Persil-Kartons bei sich.

„Das gibt es immer noch", pfiff Rasmussen aus und schob sich ein Stück Roggenbrot in den Mund.

„Was denn?"

„Na, die Persil-Karton-Truppe!"

Heger sah die lachenden Jungen. „Wohin geht ihr?", fragte er, als sie auf seiner Höhe waren.

„In die Alexander-Kaserne", tönten beide im urigsten Berliner Dialekt aus. „Charlottenburger Chaussee", schob einer der beiden Jungen nach.

„Wozu?"

Beide sahen sich fragend an. „Na, um Soldat werden! Det is doch klar! Wir ham jehört, dat die Amis im Westen Frieden jemacht haben, um jejen den Russen zu kämpfen. Wir broochen nur noch een oder zwee Taje aushalten!"

Heger schloss die Augen. Der Panzerjäger wusste, was den beiden Rekruten blühte. Die Zivilklamotten würden im Persil-Karton nach Hause geschickt werden. Das war schon zu seiner Rekrutenzeit so. Die jungen Männer steckte man in nicht passende Uniformen, drückte ihnen ein Gewehr in die Hand und verpasste ihnen einen Einheitshaarschnitt. Man würde sie einmal um den Kasernenhof jagen, jeder durfte einmal schießen, dann waren sie ausgebildete Soldaten und man schickte sie in den Tod!

„Passt auf euch auf", sagte er mit einem gezwungenen Lächeln auf den Lippen. Insgeheim hoffte der Rottenführer, dass beide Jungs nicht mehr zum Einsatz kommen würden.

Auch als es dunkel war, kehrte keine Ruhe ein. Durch die Straßen hallten Schüsse. Mal einzeln, dann zum Gefechtslärm angeschwollen. Immer wieder hieben Artilleriegeschosse ein. Mal war die Detonation ziemlich laut, mal krepierte die Granate etwas weiter von ihnen entfernt. Es war kein Dauerbeschuss, lediglich ein Gruß der Roten Armee. Es war so, als wollte man den Verteidigern Berlins etwas ausrichten. „Wir schlafen nicht! Wir kommen!"

Es war merklich kühler geworden und die Uniformen waren bis oben hin geschlossen. Rasmussen döste und auch Heger kämpfte gegen den Schlaf an. Schritte. Männer kamen über die Brücke. Heger war schlagartig hellwach. Er stieß Rasmussen in die Seite. „Aufwachen!"

„Ich ... bin .... wach", murmelte dieser unverständlich.

„Schon gut! Es kommt jemand."

Der junge Landser rappelte sich auf. Heger vermutete, dass Verpflegung nach vorn gebracht wurde. Stattdessen kam ihre Ablösung. Sie kannten die Kameraden nicht. Beiläufig erfuhren sie, dass Untersturmführer Gode aus sämtlichen Männern der Nordland-Division, die er auftreiben konnte, eine kleine Kampfgruppe gebildet hatte.

Heger und Rasmussen nahmen ihre Waffen auf.

„... gerade über die Brücke drüber, schnurgerade der Straße folgen und im Keller des zweiten Hauses sitzen sie", erklärte einer der Soldaten und wies den Weg zur Unterkunft.

„Wir haben den ganzen Tag nichts zu essen bekommen. Wie sieht es mit Proviant aus?", fragte Rasmussen nach und verschwieg die Sache mit der Salami und dem Roggenbrot.

Lachen.

„Wir haben für dich extra ein Zimmer mit Frühstücksservice gebucht", veräppelte jemand den jungen Soldaten.

„Hab´ schon bessere Scherze gehört", meinte Heger und ging los. Rasmussen und die Grenadiere folgten.

Leichter Regen setzte ein. „Mistwetter! Das gönne ich den Großmäulern", schimpfte Rasmussen.

„Wie es aussieht, haben wir Glück", freuten sich die ebenfalls abgelösten Grenadiere.

„Wird hoffentlich morgen wieder besser. Habe mich gerade an die Frühlingssonne gewöhnt", kommentierte Heger.

Auf der anderen Spreeseite angelangt, fanden sie schnell die Unterkunft. Sie betraten das Gebäude und gingen in den Keller. Die Luft war zum Schneiden stickig und roch leicht modrig. Aus allen Ecken hörte man die Männer schnarchen. Im Taschenlampenlicht stiegen sie über die Körper ihrer Kameraden hinweg und suchten sich einen freien Platz. Als sie endlich lagen, war es ihnen egal, wie stickig es im Keller war. Es dauerte nur

72

Sekunden, dann überwältigte sie der Schlaf. Die Anstrengungen der letzten Zeit saß ihnen tief in den Knochen. Ihre Körper brauchten dringend Erholung.

Die Reichshauptstadt Berlin lag im Sterben. Durch die permanent durchgeführten Luftangriffe glich die Stadt einem Trümmerhaufen. Die Gas- und Wasserversorgung war längst zusammengebrochen. Viele Straßen waren unpassierbar.

Seitdem die sowjetischen Truppen am 21. April 1945 bei Marzahn die Stadtgrenze überschritten hatten, wurde Tag und Nacht um jeden Quadratmeter gekämpft.

Am 23. April 1945 entschied sich Adolf Hitler, mit der Ernennung des Generals Helmuth Weidling zum Kampfkommandanten von Berlin, gegen den Ausbruch aus der Hauptstadt.

Der Ring um die Stadt schloss sich immer enger und am 25. April 1945 gelang es der Roten Armee, unterstützt von zwei polnischen Armeen, die Reichshauptstadt einzukesseln. Dieser Ring war anfangs noch löchrig und konnte aufgrund der enormen flächenmäßigen Ausdehnung Berlins nicht komplett geschlossen werden. Aus diesem Grund gelang es einigen deutschen Truppenverbänden, vorwiegend aus dem Bereich Spandau, sich freizukämpfen und aus dem Kessel zu fliehen. Die meisten von ihnen wurden von der anrückenden *12. Armee*, unter Führung von General Walther Wenck, aufgenommen.

Für die eingeschlossenen Truppen hingegen entbrannte eine der am hartnäckigsten geführten Schlachten des Zweiten Weltkriegs. Jede Straße und jedes Haus wurde bis zum Äußersten verteidigt. Es war ein Aufbäumen der Verlorenen. Noch in den letzten Apriltagen arbeitete die deutsche Propaganda verbissen an Kampfblättern, die an die Verteidiger der Hauptstadt verteilt wurden. So wurde *„Der Panzerbär"* herausgegeben, der die Treue zu Adolf Hitler einforderte und durch leere Versprechungen Hoffnung auf den Endsieg machte.

Das Wecken verlief unsanft. Gode sprang wie wild im Keller herum und scheuchte alle Männer auf. „Der Russe ist da! Raus! Raus!"
Von der Straße her drang Gefechtslärm herein. Maschinengewehrsalven krachten. Männer schrien Befehle aus. Hektik brach los. Ein Schützenpanzerwagen donnerte vorbei.
„Schneller!", plärrte jemand.

Stiefel trampelten den Kellergang entlang und die steinerne Treppe nach oben. Heger rief nach seinem Jägertrupp. Rasmussen war hier, doch wo befanden sich Sörensen und Jancea?

„Nimm dein Zeug mit", befahl Heger schroff und übertönte den allgemeinen Aufbruchslärm.

Hastig packte Rasmussen Panzerfäuste und Handgranaten zusammen. Das Sturmgewehr hing über der Schulter. Beide eilten den anderen SS-Männern nach. Erleichtert stellte Heger fest, dass es nicht mehr regnete. Gode stand am Ausgang und fuchtelte wild mit den Armen herum. Neben ihm befand sich der Nachrichtenmann aus Hegers Zug.

„Wo sind meine beiden Kameraden?"

Untersturmführer Gode deutete zur Spree. „Gehen Sie in Stellung!"

„Sind meine beiden anderen Männer auch dort?"

„Wollen Sie sich etwa meinem Befehl widersetzen?"

„Nein! Selbstverständlich nicht, Herr Untersturmführer …", plärrte Heger laut, um verstanden zu werden. „… ich versuche nur meinen Panzervernichtungstrupp zusammenzuführen, um effektiv gegen den Feind vorgehen zu können!"

Die Augen des Offiziers funkelten gefährlich und erinnerten den Rottenführer an ein angeschossenes Raubtier. Nur langsam entspannte sich dieser Blick und damit auch der unnachahmliche Gesichtsausdruck. Sekundenbruchteile wirkten auf den Rottenführer wie Minuten.

„Sie liegen gleich bei der Brücke", mischte sich der Nachrichter ein und löste hierdurch die gefährliche Situation.

Jeder von ihnen wusste, dass in diesen Tagen Soldaten schon wegen geringster Vergehen standrechtlich erschossen wurden.

„Danke", Heger drehte sich um und rannte los.

Rasmussen folgte. Immer wieder pfiffen Projektile über beide hinweg, suchten ihren Weg zum ersten Hindernis und schlugen ein. Geduckt erreichten sie die Brücke. Heger warf sich zu Boden und ging hinter dem rechten Brückengeländer in Deckung.

„Was ist los?", begrüßte er Sörensen und Jancea. Gleichzeitig fummelte der Rottenführer seinen Feldstecher hervor und hob ihn an die Augen.

„Sie kamen wohl im Morgengrauen. Nur Infanterie! Dem Iwan scheinen die Panzer auszugehen", bemerkte der Däne.

„Das glaube ich nicht! Sie schicken doch immer zuerst die verzichtbare Masse, dann die Elite!"

Heger ließ das Fernglas die Häuserzeilen entlang wandern. Zweimal musste er sich ducken, als Projektile direkt vor ihm einschlugen und die

Abpraller gefährlich nahe an seinem Kopf vorbeirauschten. Eine Gruppe Rotarmisten fiel dem Maschinengewehr der Grenadiere zum Opfer, die immer noch verbissen ihre Stellung auf der anderen Spreeseite hielten. Dort wo Heger und Rasmussen noch vor Stunden saßen, lagen die zerfetzten Leichen ihrer Ablöse herum. Eine Granate war in der Stellung detoniert.

„Uräähhh!"

Das Brüllen der Angreifer hallte aus den Straßenzügen, wurde immer stärker und lauter. Rotarmisten schienen aus allen Straßen und Häusern zu sprudeln. Die Maschinengewehre auf den Schützenpanzerwagen hämmerten pausenlos gegen die menschliche Wand. Neue Soldaten sprangen über ihre gefallenen Kameraden und stürmten weiter vor.

„O mein Gott", entfuhr es Heger, als er sah, wie die Grenadiere ihr MG zurückzogen, um den Lauf zu wechseln. Sie waren dem Gegner ausgeliefert. Die ersten Russen erreichten die Stellung. Die Verteidiger schossen mit ihren Pistolen. Die ersten beiden Angreifer vor dem MG-Nest fielen getroffen nieder. Dann sprangen die nachgerückten Russen über die Brüstung. Mann gegen Mann. Heger schloss die Augen.

„Uräähh!"

Die ersten Feinde betraten die Brücke.

„Feuer!", rief jemand.

Rrrrt .. rrrrt

Eine Maschinengewehrsalve wurde abgegeben. Mündungsfeuer war zu sehen. Geschosse zischten dem Feind entgegen und wieder rissen die Soldaten aus den vordersten Angriffsreihen ihre Arme nach oben, stürzten zu Boden und wurden von ihren eigenen Kameraden niedergetrampelt. Reihenweise fielen sie der berüchtigten „Hitler-Säge", wie das MG 42 respektvoll genannt wurde, zum Opfer.

Wumm

Erste Granaten schlugen ein. Gesteinsbrocken wirbelten durch die Luft. Schreie von Verwundeten. Wimmern und Rufe nach Sanitätern wurden laut.

„Aufpassen!", warnte jemand.

„Sprengen!", kam das Kommando.

Die beiden deutschen Pak feuerten auf die andere Uferseite. Heger leerte sein Magazin und wechselte es schnell aus.

Wumm

Wieder detonierte eine Granate.

„Panzer!"

Der Ruf ging durch Mark und Bein. Drei T 34 tauchten auf. Ihre Kanonen feuerten Granate um Granate ab.

„Uräähh!"

Die russischen Infanteristen wurden durch die Panzerunterstützung regelrecht nach vorn gedrückt. Gnadenlos rollte der erste T 34 auf die Brücke und zermalmte die Körper der am Boden liegenden Gefallenen.

Die Pioniere warteten auf den richtigen Zeitpunkt. Die Sprengung stand unmittelbar bevor.

„Deckung!", kam die letzte Warnung.

Wumm

Eine Pak hatte das direkte Duell gegen den Panzer verloren. Eine Sprenggranate explodiert direkt am Geschütz. Splitter surrten durch die Luft. Die Mannschaft lag tot oder schwer verwundet auf der Straße. Sanitäter rannten durch den Schutt. Das Brüllen der Angreifer wurde immer lauter.

„Zurück zur Häuserfront", befahl Heger und rannte mit seinem Trupp geduckt von der Brücke weg.

Die Pioniere zündeten.

WUMM

Eine gewaltige Explosion ertönte. Getragen von der Druckwelle, schleuderten kleine und große Steinbrocken in alle Richtungen weg. Der auf die Brücke aufgefahrene T 34 klatschte in den Fluss, ein zweiter Panzer, der gerade auffahren wollte, rollte zurück. Körper flogen durch die Luft. Leichenteile schwammen in der Spree, in der sich das Wasser stellenwiese rot färbte. Das Geräusch der in sich zusammenbrechenden Spreebrücke war kaum wahrzunehmen, da die Ohren der Landser immer noch aufgrund der enormen Detonation leicht taub waren.

Der Nachrichter kletterte aus dem Keller und suchte Untersturmführer Gode. Die zweite Pak gewann ihr Duell gegen einen T 34. Nach drei Treffern in Folge stand der sowjetische Kampfpanzer in Flammen. Die Granateinschläge auf Seite der Verteidiger häuften sich.

„Das sind schwere Koffer! Das ist Artillerie! Sie bekommen Ari-Unterstützung!"

Die Männer der Division „Nordland" verschanzten sich in den Häusern und Kellern. Die intakte Pak wurde zurückgenommen. Sanitäter und Hilfssanitäter rannten durch den sowjetischen Kugelhagel und kümmerten sich um die winselnden Verwundeten. Heger überfiel Wut, als er beobachtete, wie zwei der Samariter in eine Maschinengewehrsalve gerieten und zusammenbrachen. Ihre weißen Armbinden mit dem Roten Kreuz hatten nichts genutzt.

Der Artillerieangriff verstärkte sich. Die Treffer lagen gut.

„Der Feind hat einen erstklassigen Ari-Beobachter. Er muss genau auf der anderen Uferseite in einem der Häuser sitzen", schimpfte Sörensen. Ein Splitter hatte die Stirn des Dänen aufgerissen. Blut war überall in seinem Gesicht verteilt.

„Du siehst schlimm aus", sagte Jancea. „Wir müssen dich verbinden."

„Wichtig ist, das die Wunde desinfiziert wird, nicht dass du Wundstarrkrampf bekommst."

Heger betrachtete die Stirn seines Kameraden. Die Wunde an sich sah nicht weiter schlimm aus und mit einem schnell angelegten Verband und etwas Jod wäre sie ausreichend versorgt.

„Es hat dort draußen zwei Sanis erwischt. Einer hatte ´ne Tasche umhängen. Wenn wir sie holen, können wir die Wunde versorgen."

„Und wer soll das machen?", fragte Jancea mit leicht brüchiger Stimme.

Zwei Pioniere plumpsten regelrecht in die ausgebombte Wohnung, in der der Panzervernichtungstrupp lag. Instinktiv hatte Heger seine Waffe in deren Richtung gehalten, aber nach einem: „Wir sind Kameraden", sofort den Lauf gesenkt.

„Schau den Windhund an!"

Der Ausspruch von Jancea kam unerwartet. Heger riss den Kopf herum und der Rottenführer sah Rasmussen durch die Trümmerlandschaft laufen.

„Du schaffst es!", schrie Sörensen und feuerte Rasmussen damit an.

„Lauf!", kam es jetzt auch über Hegers Lippen.

Der junge SS-Soldat duckte sich, lugte ein paar Sekunden später über ein paar Steinbrocken, sprang auf und hastete zur nächsten Deckung. Immer wieder schlugen Projektile um ihn herum ein. Er drang immer weiter vor und erreichte schließlich sein Ziel. Mit der geschulterten Sanitätstasche eilte er zurück. Wieder hastete er von Deckung zu Deckung und kam tatsächlich, ohne einen Kratzer abbekommen zu haben, bei seinen Kameraden an. Keuchend und ausgepumpt stand er im Raum und hielt Heger die Tasche hin. „Hier … ist … sie!"

Rasmussen rang nach Sauerstoff. Er setzte sich hin und sein Brustkorb hob und senkte sich erst schnell und nach einiger Zeit etwas rhythmischer, bis er schließlich wieder normal atmete. Schweißperlen standen auf seiner Stirn.

„Gut gemacht", lobte der Rottenführer anerkennungsvoll.

„Danke!"

Sörensen nahm seinen Helm ab. Mit etwas Wasser aus einer Feldflasche säuberten sie die Wunde.

„Das gehört eigentlich genäht", bemerkte Jancea, der sich um den Dänen kümmerte, „aber das kriegen wir so auch hin."

Sörensen atmete auf. „Gottseidank!"

Auf die mit Jodtinktur desinfizierte Wunde wurde ein Verband angelegt.

„Hier sind noch Tetanusserum und Spritzen. Soll ich dir eine …"

„Nein! Jod ist absolut ausreichend", kam es energisch aus Sörensens Mund. „So schlimm ist die Wunde auch nicht!"

„Schon gut!"

Untersturmführer Gode erhielt einen Befehl und schickte Melder los. Die an allen Straßenecken verteilten Kampftrupps sollten sich einigermaßen geschlossen zurückziehen.

„… und deshalb hat Hauptsturmführer Ternes den geordneten Rückzug befohlen. Wir besetzen unverzüglich den Verteidigungsabschnitt C im inneren Ring", teilte der Melder mit und holte eine Skizze heraus. „Ihr könnt sie schnell abzeichnen … ach was …", sagte er schließlich und machte eine wegwerfende Handbewegung. „… ihr seid die Letzten. Ihr könnt die Skizze behalten. Ich kenne mich ohnehin aus."

Heger nahm das Papier an sich. „Und Ternes befehligt jetzt alle drei Grenadier-Bataillone von unseren Nordländern?"

„So ist es!"

Wieder wurde die Front ein kleines Stück zurückgenommen. Lediglich ein paar mit Panzerfäusten bewaffnete Einzelkämpfer und einige Scharfschützen blieben zurück. Sie wollten dem Feind das Vorrücken erschweren.

Am 24. April 1945 besetzte die *11. Freiwilligen-Panzer-Grenadier-Division „Nordland"* im inneren Berliner Verteidigungsring den Abschnitt C. Die aus sämtlichen SS-Männern, unterschiedlicher Verwendung und Zugehörigkeit zusammengestellten Kampfeinheiten, gingen entlang der Linie des S-Bahn-Rings vom Treptower Park über die Sonnenallee, Neukölln, der Herrmannstraße bis hin zur Haltestelle Tempelhof in Stellung. Bis dorthin waren allerdings auch schon die Spitzen der Roten Armee mit diversen Panzerkräften vorgedrungen.

Rottenführer Heger bekam mit seinem Panzervernichtungstrupp den Auftrag nach Tempelhof zu verlegen und wörtlich mitgeteilt: „„... den russischen Panzerfahrern das Fürchten zu lehren."

Ein Schützenpanzerwagen stand für den Transport zur Verfügung. Mit einer Dorette konnte und sollte Kontakt zum Kompaniegefechtsstand gehalten werden. Untersturmführer Gode war darauf bedacht, seine Kampfgruppe soweit als möglich zusammen zu halten, um im Bedarfsfall schlagkräftig reagieren zu können.

„Welcher Kompaniegefechtsstand?", fragte Sörensen später fast scherzhaft nach. „Die Männer stecken doch alle irgendwo an der verwaschenen HKL!"

Die Antwort blieb Heger schuldig.

Am späten Nachmittag hatten sie ihr Ziel erreicht und sich sofort in den Trümmern eingenistet. Die Panzerjäger warteten auf die Dunkelheit. Grenadiere und Pioniere erkundeten, wie weit der Russe schon vorgedrungen war. Ein Unterscharführer hatte das Kommando und führte den Spähtrupp selbst an, während sich der Rest eine letzte Pause gönnte.

„Ich weiß nicht, wie es Gode fertig gebracht hat, aber dass wir heute noch einmal Marketenderware und Wehrsold bekommen haben, grenzt doch an ein kleines Wunder", freute sich Jancea und biss in ein Stück Schokolade.

„Mir wäre ein warmes Essen lieber gewesen", murrte Heger, der sich allerdings über drei Packungen Zigaretten freute. Es waren zwar nicht seine geliebten *Overstolz*, sondern Zigaretten der Marke *Juno*, aber die taten es auch.

Die SS-Männer hatten sich zwischenzeitlich daran gewöhnt, dass der Kampflärm in der Stadt niemals gänzlich verstummte. Berlin war zum Vorort der Hölle geworden. Nachdem an der Spreebrücke so viele Soldaten beider Seiten den Heldentod fanden, bezeichnete Heger die Reichshauptstadt als reinstes Schlachthaus.

„Durch Venedig fließt in Unmengen Wasser, durch Berlins Straßen fließt in Unmengen Blut", zog er einen makabren Vergleich.

Mit der ausgegebenen Schokolade wurde der stärkste Hunger gestillt. Wer noch etwas Brot einstecken hatte, aß es dazu. Richtig satt wurde keiner der Soldaten. Je dunkler es seit Einbruch der Dämmerung wurde, desto mehr glühte der Horizont der brennenden Stadt.

„Wie kommen sie dazu, alles niederzubrennen?", fragte Rasmussen, der sich neben Heger hingesetzt hatte. „Sie zerstören doch das, was sie erobern möchten."

„Der Iwan hat durch die Einzelkämpfer und Panzervernichtungstrupps ein höllisches Problem und kommt vor lauter Angst nur langsam voran. Das, was ihr dort seht, ist ihre Antwort", entfuhr es dem Rottenführer.

„Wie meinst du das?"

„Flammenwerfer!"

Zur Untermalung seiner Aussage zündete der Truppführer sein Sturmfeuerzeug an und schwenkte es hin und her.

„Sie räuchern die Häuser aus, und egal, wer und was noch darin lebt, sie brennen einfach alles nieder, wo Heckenschützen vermutet werden und jagen damit unsere Leute aus den Verstecken."

Rasmussen schluckte. „Müssen wir das vielleicht auch überstehen?"

„Jetzt sind wir erst einmal hier und warten auf den Iwan."

Der Spähtrupp kehrte zurück. Unterscharführer Limmer setzte sich und ließ die Gruppenführer zu sich kommen. Er wollte die neuesten Erkenntnisse sofort mitteilen. Während er mit Heger und den anderen Männern sprach, funkte der Nachrichter des Unterscharführers den Bataillonsgefechtsstand an. Sörensen hatte Recht behalten. Ein Kompaniegefechtsstand existierte nicht mehr. Heger überkam das dumpfe Gefühl, dass die letzten drei Grenadier-Bataillone nicht stärker waren, als eine komplette Kompanie.

„Der Russe rückt auf den Flughafen Tempelhof vor. Eine Wehrmachtseinheit ist dort benachbart von uns eingesetzt. Ihr müsst im Schutz der Dunkelheit an der uns zugewiesenen Flanke vordringen und die feindlichen Panzer erledigen."

„Wir allein?", verblüfft sah Heger den Unterscharführer an.

„So viele ihr erwischt", fuhr dieser fort. „Wenn die zugesagte Hilfe der ungarischen Kameraden per Lufttransport erfolgt, muss der Flughafen in unserer Hand bleiben, damit die *Hunyadi* dort landen können."

Heger schnaufte durch. „In Ordnung", kam über seine Lippen, obwohl er wusste, dass gar nichts in Ordnung war. Dieser Auftrag war das reinste Himmelfahrtskommando. Verschwommene Fronten, ein überlegener Gegner und wenig Hoffnung auf Entsatz. Die Geschichte mit den ungarischen *„Hunyadi"* klang zwar wunderschön, doch glauben konnte man sie nach allem, was hier in der Stadt vor sich ging nicht mehr.

Der Rottenführer bekam eine genaue Einweisung und skizzierte mit. Er notierte, in welchen Straßen sich der Russe bereits festgesetzt hatte, wo aktuell die Kameraden Stellung bezogen hatten und an welchen Straßen sich der Rest der „Nordländer" festsetzen würde.

Mit diesem Wissen und der Hoffnung, dass sich die Lage nicht allzu schnell ändern würde, ging er zurück zu seinen Männern und ließ aufrüsten.

Der Haufen sah wilder aus denn je. Jeder Einzelne verströmte unangenehme Gerüche aufgrund tagelang mangelnder Körperpflege. Unrasierte Gesichter mit Schmutzanhaftungen, aufgerissene Haut und je nach Typ, strohtrockenes bis speckig glänzendes, fettiges Haar, zeichneten ein übles Soldatenbild. Sie waren durch die Anstrengungen der letzten Zeit ausgemergelt und hofften mehr auf ein nahrhaftes, warmes Essen als auf ein Bad, einen Haarschnitt oder eine Rasur. Ihre Mägen knurrten und sehnten sich unüberhörbar nach einer Mahlzeit.

Sie saßen zusammen und prüften die Ausrüstung. Panzerfäuste waren einsatzbereit, die Magazine ihrer Sturmgewehre und Pistolen gefüllt. Eine geöffnete Kiste mit T-Minen stand mittig herum. Sie waren bereits für die Panzernahbekämpfung vorbereitet worden. Sörensen öffnete mit dem Kampfmesser eine weitere Holzkiste, in der sich jedoch keine T-Minen, sondern 15 Stielhandgranaten 24 befanden.

„Die müssen wir noch wurffertig machen, dann sind wir soweit mit allem, was wir haben, durch."

Schnelle Schritte, ein leichtes Stöhnen und ein allzu bekanntes Klappern ließ die Panzerjäger aufhorchen. Jemand fluchte. Eine Frage folgte. „Kamerad, weißt du, wo die Panzerjäger sind?"

„Dort hinter der Mauer."

„Danke."

Kurz darauf kam ein Essensträger um das Gemäuer herum. Er sah Heger und dessen Trupp. Die herumliegenden Panzerfäuste und T-Minen verrieten dem Sturmmann, dass er die Panzerjäger gefunden hatte. Er war erleichtert. „Schönen Gruß von Uscha Limmer. Ihr sollt nicht mit leerem Bauch in den Nachteinsatz gehen."

Der Essensträger stolperte, als er gegen einen größeren Backsteinbrocken lief, fing sich jedoch und fluchte erneut. „Das war schon das dritte Mal, dass es mich fast hingehauen hat. Verdammte Trümmerlandschaft", schimpfte er und stellte den Aluminiumbehälter ab. Aus einem Rucksack zauberte er zwei Kommissbrote.

Kochgeschirre wanderten automatisch nach vorn.

„Lecker, lecker", stieß Jancea aus, bevor er überhaupt wusste, was es zum Essen gab.

Der Träger schraubte den Deckel des Essensbehälters ab. Der Inhalt dampfte noch leicht, was auf ein warmes Gericht hinwies.

81

„Was gibt's denn?", erkundigte sich Rasmussen.

„Kohlsuppe mit Pferdefleischeinlage."

Die Suppe war dünn. In den Kochgeschirren der Panzerjäger schwammen lediglich nur ein paar kleingeschnittene Kohlblätter. Dafür bekam jeder der Landser ein etwa faustdickes Stück gekochtes Pferdefleisch zugeteilt. Die beiden Kommissbrote wurden halbiert und während der Essensträger den fast leeren Aluminiumbehälter zuschraubte, löffelten die ersten Jäger schon ihre Suppe.

„Wo ist denn die Pak?"

„Soviel ich weiß, liegen die Kameraden nur 50 Meter weiter. Sie haben die Kanone unter einer Linde aufgestellt und ein Tarnnetz darüber geworfen. Du kannst sie nicht verfehlen."

„Hoffentlich. Sie sind meine letzte Station, dann muss ich mich unbedingt aufs Ohr hauen", kam als Antwort, dann ging der Sturmmann weiter.

Schweigend aßen die vier *Nordländer* ihre dünne Suppe. Sie hatten alle schon besseres Essen in den Kochgeschirren gehabt, dennoch war es eine Wohltat in der kühlen Aprilnacht etwas Warmes verspeisen zu können. Das Fleisch war zäh, sättigte aber. Mit dem Brot wurde auch der letzte Rest Suppenflüssigkeit aus dem Kochgeschirr getunkt und nach dem Essen dachte keiner daran, sein Geschirr auszuspülen. Keiner der Landser sprach. Außer dem Klappern ihrer Kochgeschirre war nichts zu hören.

„Wir rauchen jetzt noch eine Zigarette, dann gehen wir los", sagte Heger entschlossen und beendete damit die minutenlange Stille unter den Männern.

„Wir müssen die Handgranaten noch vorbereiten", wies Sörensen hin.

Heger nickte lediglich. Er steckte sich eine *Juno* in den Mundwinkel und zündete die Zigarette an. Auch während sie rauchten, schwiegen sich die Soldaten an. Als die Handgranaten wurffertig vorbereitet waren, stand der Rottenführer auf. „Auf geht's Kameraden, wir lehren jetzt dem Iwan das Fürchten! Genauso, wie es uns aufgetragen wurde", kam es voller Sarkasmus.

Im Schutz der Dunkelheit schlichen sie durch die Straßen. Immer wieder kamen sie an Widerstandsnestern der Grenadiere vorbei. MG-Salven waren zu hören. Hin und wieder ertönten Schreie. Eine Handgranate detonierte. Maschinenpistolen hämmerten los. Das Schlimmste war Gewissheit geworden. Der Feind griff auch nachts an und er konnte an jeder Straßenecke auftauchen. Der Kampf um jedes Haus fand auch hier statt.

Heger setzte sich hinter eine zerbombte Hauswand und zückte die Taschenlampe. Er ließ das schwache Licht über die Straßenskizze gleiten und orientierte sich kurz. Ein Schützenpanzerwagen rollte vorbei und blieb an der nächsten Straßenkreuzung stehen. Jemand rief etwas und bekam Antwort. Eine Pak wurde aus einem Versteck gezogen. Sie sollte wahrscheinlich angekuppelt und verlegt werden.

Heger zeigte quer über einen Trümmerberg. „Wir müssen dort rüber, dann sind wir in unserem Gebiet. Uscha Limmer meinte, dort ein paar T 34 gesehen zu haben."

Ein Motorengeräusch war zu hören. Die Köpfe gingen hoch. Sie sahen sich um. Nichts.

„Das kommt von oben", keuchte Jancea ängstlich aus.

Das Geräusch wurde lauter. Das Tarnlicht des Schützenpanzerwagens wurde gelöscht, der Motor des Halbkettenfahrzeugs dröhnte auf. Der Fahrer wollte offensichtlich sofort verlegen.

„Das ist ´ne Nähmaschine! Die Russen setzen den Rollbahn-UvD auch hier ein", entfuhr es Rasmussen.

Der Flugzeugmotor wurde leiser, gleichzeitig war ein kaum wahrnehmbares Surren und Pfeifen zu hören.

„Runter!"

Sie legten sich flach auf die Trümmer und zogen die Köpfe ein.

Wumm

Auf der Straße detonierte die herunter geworfene Bombe. Ein Maschinengewehr ratterte los. Die Leuchtspur war gut zu sehen, die Schussbahn ging steil nach oben. Der Flugzeugmotor war nicht mehr zu hören. Jemand rief nach einem Sanitäter. Der Schützenpanzerwagen kam zurück. Geschrei. Landser hetzten umher. Die Pak wurde angekuppelt, der Verwundete aufgeladen. Das wilde Schimpfen der Überlebenden war gut zu hören. Irgendwo in einem Haus detonierte wieder eine Handgranate.

„Weiter", trieb Heger seine Männer an und führte sie durch Straßen, die mit Schutt und Kratern übersät waren. „Das Flughafengelände ist nicht mehr allzu weit entfernt. Wir bleiben aber immer in der Nähe der Häuserzeilen. Der Iwan wird seine Panzer nicht auf dem freien Feld zur Schau stellen!"

Sie bewegten sich vorsichtig durch die bizarre Trümmerlandschaft. Der Rottenführer wusste nicht mehr, ob das Gebiet schon von Russen besetzt war oder noch von deutschen Truppenteilen gehalten wurde. Der Frontverlauf war verschwommen und änderte sich mit jedem eroberten und zurückeroberten Haus beziehungsweise Straßenzug. Zwei Schützenpanzerwagen und ein Tigerpanzer preschten hinter ihnen heran, bogen aber links ab. Männer sprangen von den SPW und verteilten sich in den Häusern. Schüsse peitschten durch die Nacht. Leuchtkugeln zischten nach oben.

„Runter!"

Flach auf die Erde oder an eine Hauswand gepresst, warteten sie auf das Erlöschen des flackernden Magnesiumlichts.

„Los Männer. Hoch mit euch. Wir müssen weiter!"

Aus der nächsten Querstraße hörten sie Stimmen und Stiefelschritte.

„Wieder Leute von uns, die …", weiter kam Jancea nicht, denn Heger hielt dem Rumäniendeutschen die Hand vor den Mund.

„Leise", flüsterte der Truppführer.

Jetzt drangen ein paar Wortfetzen zu ihnen herüber. Kein Zweifel, die Männer sprachen russisch. Der Feind kam ihnen entgegen. Fieberhaft sah sich der Rottenführer um. Die Straße war von Trümmern übersät. Auf der gegenüber liegenden rechten Straßenseite befand sich eine Häuserfront, auf ihrer Seite nur Trümmer und Schutt. Hier hatte eine Fliegerbombe blanke Zerstörung hinterlassen.

Die Stimmen wurden lauter. Jemand bellte barsch einen Befehl und Ruhe kehrte ein. Es musste sich um einen russischen Spähtrupp handeln.

„Hierher", flüsterte Sörensen.

Der Däne hatte ein großes Loch entdeckt. Es war der Kohlenschacht des zerbombten Hauses.

„Schnell! Rein da rein", flüsterte Heger und alle vier Landser verschwanden im Keller der Ruine.

Nur eine halbe Minute später gingen die Russen am Versteck der deutschen Soldaten vorbei. Es handelte sich um mindestens fünfzehn Rotarmisten.

„Nochmal Schwein gehabt", atmete Sörensen auf.

Als sie von der Straße her nichts mehr hörten, schaltete Heger seine Taschenlampe ein. Die Tür des Kellerraums war verschüttet, das Loch zur Straße hin der einzige Zugang. Sie hatten tatsächlich riesiges Glück, dass sie nicht bemerkt worden waren. Eine einzige Handgranate, hineingeworfen in den Raum, hätte ihren Tod bedeutet.

Der Däne schob den Oberkörper nach draußen. „Alles klar. Sie sind weg."

Nacheinander krochen sie aus dem Versteck. Heger orientiere sich noch einmal, dann starrte er auf seine Skizze. Aus einer Seitenstraße krachten Schüsse. Ein Maschinengewehr ratterte los.

„Die Iwans sind auf unsere Leute mit den Schützenpanzerwagen gestoßen!"

Schreie. Handgranaten detonierten.

„Deckung, Männer! Sie werden zurückkommen!"

Alle vier Panzerjäger suchten sich in den Trümmern einen geeigneten Platz. Die Sturmgewehre wurden nach vorn gebracht, Handgranaten zurecht gelegt.

„Sie werden aus der nächsten Querstraße kommen", warnte Heger und legte an. „Macht euch bereit."

Das Feuergefecht in der Seitenstraße dauerte nicht lange. Tatsächlich tauchten Sekunden später ein paar Rotarmisten auf und rannten auf die Panzerjäger zu. Ihre Konturen waren im Mondlicht gut zu erkennen.

„Feuer!", rief Heger und zog den Abzug nach hinten.

Auch die anderen drei Panzerjäger schossen. Zwei Rotarmisten fielen tödlich getroffen zu Boden. Ein Dritter humpelte, warf sich hinter einen Steinhaufen in Deckung und stieß hysterisch ein paar Warnrufe aus. Der russische Spähtrupp saß in der Falle.

Mündungsfeuer blitzte an der Straßeneinmündung auf. Das Feuer wurde von den Panzerjägern sofort erwidert. Sörensen, der am weitesten vorn lag, hatte eine Handgranate entsichert und schleuderte sie gegen den Feind.

„Granate", rufend warnte er seine Kameraden.

Die Detonation klang trocken und hallte zwischen den Ruinen wider. Gut zehn Minuten später war der Kampf vorbei. Ein Motor brummte und der Schützenpanzerwagen schob sich langsam um das Straßeneck. Zwei Rotarmisten hoben die Hände und standen auf. Der verwundete Russe schwenkte ein weißes Tuch.

„Wir sind Deutsche!" rief Rasmussen laut. Er wollte sicher gehen, dass der Bordschütze am SPW nicht feuerte.

„Zeigt euch!"

Die Nordländer standen auf.

„Alles klar!"

Während drei Landser hinter dem SPW hervor kamen und die Rotarmisten durchsuchten, verlegte Heger weiter in sein zugewiesenes Einsatzgebiet. Kaum außer Sichtweite, hörten sie Schüsse.

„Was war das?", drehte sich Sörensen um.

„Entweder hat sich noch ein Russe gewehrt oder unsere Kameraden haben keine Gefangenen gemacht", kam die trockene Antwort von Jancea. Rasmussen stockte der Atem. „Du meinst, sie haben sie erschossen?" Heger blieb stehen. „Ruhe! Wir haben andere Sorgen als uns um das Schicksal von ein paar Russen zu kümmern", pulverte er aus. Gleichzeitig dachte er an ein Gespräch, welches er zufällig am Nachmittag mitgehört hatte. Zwei SS-Männer unterhielten sich über Zwangsarbeiter. Einer hatte darüber berichtet, dass er hingerichtete Fremdarbeiter entdeckt hatte. „… die haben mindestens zehn oder fünfzehn erschossen."
Der Rottenführer zwang sich zu einem Gedankenwechsel. Er hatte einen Auftrag und den wollte er ausführen. „Weiter jetzt", sagte er schroff.
Schon zwei Straßen weiter fanden sie einen idealen Platz.
„Dort hinten nisten wir uns ein. Das ist perfekt für einen guten Hinterhalt!"
Der Flughafen Tempelhof lag rechts von ihnen, die S-Bahn-Strecke südlich. Die Linke und die nördliche Flanke waren bebaut beziehungsweise lagen in Trümmern und boten daher beste Deckungsmöglichkeiten.
Im näheren Umfeld fanden gerade heftige Kämpfe statt. Immer wieder schlugen Granaten ein. Bomben, abgeworfen vorwiegend aus langsam fliegenden PO-2 Maschinen, heulten durch die Nacht und explodierten in der sterbenden Stadt.
Immer wieder surrten und pfiffen Splitter durch die Luft. Sie bohrten sich in alles was ihnen im Weg stand. Orangerote Feuersäulen ließen das umkämpfte Gebiet bizarr in der Dunkelheit aufleuchten. Motorenlärm jaulte durch die Straßen. Gestalten huschten geduckt über Trümmerfelder und verschwanden in Ruinen. Mündungsfeuer erhellten für den Moment des Schusses hier ein Fenster, dort einen Hausflur und anderswo einen Hinterhof. Gellende Schreie sterbender Männer und stöhnendes Gejammer, der in ihrem Blut liegen gelassenen Verwundeten, umrahmten das höllenähnliche Spektakel.
Der Wahnsinn Krieg zeigte in einem brutalen Finale sein wahres Gesicht. Das Inferno fand in der Reichshauptstadt Berlin statt.
Von irgendwo her glaubte Rottenführer Heger Marschmusik aus einem Rundfunkempfänger zu hören. Das Bild seines Großvaters tauchte in seinem Kopf auf. Der alte Mann saß in einem Ohrensessel und lauschte der leisen Musik, die aus dem Lautsprecher des Volksempfängers drang. Unterbrochen wurde sie schließlich von einer Rede Goebbels. Der wortgewandte Propagandaminister peitschte das Volk auf. Es wurde seit Jah-

ren vom Sieg an allen Kriegsschauplätzen berichtigt. Selbst beim unaufhaltsamen Rückzug sprach keiner von Verlierern. Im Gegenteil! Immer war es der Feind, der sich die Zähne an der Front ausbiss und die Rücknahme der HKL erfolgte lediglich aus taktischen Gründen.

Alles Lug und Betrug!

In Heger brodelte es in diesem Moment.

All das Leid, all die Toten und all die Not. Wozu?

Was hatte Goebbels gesagt? „Die Stunde vor Sonnenaufgang ist die dunkelste Stunde!"

„… und genau hier befinden wir uns. In der dunkelsten Stunde. Nur noch wenige Tage und wir gehen gemeinsam mit den Amerikanern und Engländern gegen die Russen vor", hieß es von oben.

Viele glaubten daran. Heger längst nicht mehr. Sein Ziel bestand spätestens seit den Erlebnissen in Ostpreußen nur noch darin, den Russen so lange wie möglich aufzuhalten, damit die Zivilbevölkerung nach Westen ausweichen und dem roten Bär aus Moskau entfliehen kann. Keine Grausamkeiten mehr! Schutz für Frauen und Kinder! Das war sein persönlich erklärtes Ziel.

„Leise und runter", warnte Sörensen.

Sofort befand sich Heger gedanklich wieder in der Gegenwart. Auf einem freien Feld sah er die dunklen Konturen der Panzer. Sie fühlten sich sicher. Wovor sollten sie auch Angst haben? Die deutsche Luftwaffe war längst geschlagen und die wenigen Rotten deutscher Jäger am Himmel hatten einen überzähligen Gegner.

„Menschenskind", pfiff Heger kaum hörbar durch die Lippen. „Dort stehen ja mindestens zehn T 34 und fünf Stalin II."

Warten sie auf das Angriffssignal oder ruhen sich die russischen Panzermänner aus, um bei Tagesanbruch auf den Flughafen vorzustoßen?

„Drei oder vier Tiger und wir hätten die ganze Schose im Sack", flüsterte Jancea.

Sie lagen flach auf der Erde. Etwa hundert bis hundertdreißig Meter trennten sie von den Panzern. Heger versuchte durch den Feldstecher zu erkennen, wo sich die Mannschaften befanden und ob begleitende Infanterie bei den Panzern war.

„Mist! Es ist zu dunkel, um Genaueres zu erkennen. Wir müssen näher ran!"

„Ist das nicht ein bisschen gewagt?", versuchte Rasmussen einzulenken.

In Anbetracht ihrer desolaten Situation bekam der nach oben strebende SS-Mann Bedenken. Zudem ging ihm die Sache mit den erschossenen Zwangsarbeitern nicht mehr aus dem Kopf.

„Erst willst du das Eiserne Kreuz und Unterscharführer oder sogar Offizier werden, dann hast du gleich beim ersten Anblick einer Batterie Feindpanzer Bammel und Fracksausen!"

„Sörensen, ich habe kein Fracksausen! Wer hat für dich sein Leben riskiert und den blöden Sanitätskoffer geholt?"

„Ruhe", schimpfte Heger halblaut.

Auf den Schlag besannen sich die Streithähne.

„Wir gehen bis auf 70 Meter ran. Unsere Panzerfaust 100 hat dann eine Idealentfernung!"

Der Truppführer und Sörensen führten jeweils zwei der knapp 7 kg schweren sehr effektiven Kampfmittel mit, während die beiden anderen Jäger jeweils zwei der rund 10 kg schweren T-Mine 42 mitschleppten.

„Wenn jeder von uns gleichzeitig eine Panzerfaust abfeuert, können wir vier Panzer abschießen!"

„Und dann?"

„Sie werden uns suchen! Wir hauen ab und gehen in den Ruinen in Deckung. Wenn sie mit den Panzern losfahren, können wir vielleicht noch den einen oder anderen Stahlsarg mit Minen hochjagen!"

Das Jagdfieber übertrumpfte die Angst. Alle Gedanken waren beiseite geschoben. Die Panzerjäger sahen ihre Beute und sie wollten sie haben.

„Ich habe mir so etwas schon immer gewünscht. Aufgefahren in Reih und Glied und bereit von uns geschlachtet zu werden", jubilierte Sörensen.

Hegers Gedanken überschlugen sich.

Der Frontverlauf ist nicht mehr nachvollziehbar Zwei Straßenzüge weiter wurde gerade ein russischer Spähtrupp niedergekämpft. Hier stehen fünfzehn sowjetische Panzer einsatzbereit herum und wieder zwei Straßenzüge weiter fallen Bomben auf deutsche Widerstandsnester. Es gibt keinen klaren Frontverlauf mehr in Berlin.

„Lasst die T-Minen hier liegen. Wir nehmen sie auf, wenn wir uns zurückziehen. Noch einmal für alle …", Heger sprach leise und deutlich, „… wir robben in einer Linie voran. Wenn ich anhalte, bleiben alle auf dieser Position. Wenn ich anlege, legt auch ihr an und zielt auf jeden zweiten Panzer. Beginnt rechts! Also Sörensen knallt den vordersten Blechkameraden ab, ich die Nummer drei in der Reihe, Jancea die fünf und du …", er sah Rasmussen an, „… übernimmst die Nummer sieben!"

„Verstanden!"

„Alles klar."

„Zu Befehl!"

Bei jedem der vier Nordländer raste der Pulsschlag. Kleine Schweißperlen bildeten sich auf ihren Stirnen, als sie auf dem Boden lagen und sich Meter für Meter der Wand aus Stahl näherten.

Der Wind trug Wortfetzen vor sich her. Irgendwo mussten Rotarmisten zusammensitzen. Lachen und leises Summen, als ob jemand ein Lied anstimmen würde war zu vernehmen.

Was sind das für Menschen? Wissen die Panzermänner überhaupt, wo sie sich befinden? Wie können die sich hier so sicher fühlen?

Heger bekam Zweifel. Am Ende hatten nicht die Russen die Frontlage falsch bewertet, sondern er selbst.

Verdammt! Sind wir vielleicht schon zu weit vorgedrungen und mitten im besetzten Gebiet? Sozusagen ein Einsatz vor den eigenen Linien? Quatsch! Konzentration! Ich habe keinen Fehler gemacht.

Heger zwang sich, nur noch sein Ziel vor Augen zu haben. Er hielt an. Sie drei Kameraden blieben ebenfalls im Gras liegen. Noch einmal kramte der Rottenführer den Feldstecher nach vorn. Jetzt erkannte Heger, wo sie waren. Das freie Feld war bereits Flughafengelände. Zäune und Absperrungen existierten hier nicht mehr. Alles war überrollt und platt gewalzt. Die Panzer standen tatsächlich zum Angriff bereit. Spätestens mit der aufgehenden Sonne würden sie über das Flugfeld rollen und die Kameraden von der Wehrmacht niederkämpfen.

Das Fernglas verschwand wieder unter der wendbaren Wintertarnjacke.

„Los, noch ein paar Meter. Die Russen sitzen hinter ihren Panzern zusammen und trinken. Entweder ist es die übliche Ration Wodka, die sie von Angriffen erhalten, oder sie haben geplündert und versaufen ihre Beute! Den Spaß werden wir ihnen gründlich verderben!"

Wie viele Berliner stecken in diesem Moment wohl in ihren Kellern und zittern?

Ihr Ziel war erreicht. Die Position war sehr gut. Heger gab Handzeichen nach links und rechts. Alle drei Jäger signalisierten ihrem Truppführer die Einsatzbereitschaft.

Die Panzerfäuste waren angelegt, die Ziele nach Absprache erfasst. Heger spürte seinen Herzschlag. Er wusste nicht, wie viele Panzer er schon auf diese Art und Weise geknackt hatte. Man gewöhnte sich aber nie daran. Er konnte die Aufregung nicht unterdrücken. Es war aber immer wieder genauso wie beim ersten Mal.

Er atmete ruhig durch die Nase. Der von ihm anvisierte Panzer würde gleich nur noch Schrott sein. Ein letztes Durchatmen, Luft anhalten, Visier im Ziel halten, Feuer!

Der Hohlladungsgefechtskopf raste zischend auf den T 34 zu. Nur Sekunden später schossen auch Jancea, Sörensen und Rasmussen ihre Panzerfäuste ab. Sofort nach den Abschüssen sprang Heger auf. „Weg hier!"

Wumm Wumm

Mit den Detonationen rannten sie geduckt zurück. Einer der Panzer hatte Feuer gefangen. Die Flammen erhellten das Szenario. Ein kurzer Blick über die Schulter. Alle vier Jäger hatten ihre Ziele getroffen. Tumult beim Gegner. Jemand jagte ein paar Feuerstöße in die Nacht. Rufe, hastig umher eilende Rotarmisten, eine Folgeexplosion. Chaos!

Wumm

Die Panzerjäger erreichten ihren Ausgangsort und nahmen die restlichen Einsatzmittel auf.

Motoren wurden angelassen. Der Feind versuchte, die intakten Panzer vor dem Feuer und vor weiteren Panzerfaustangriffen zu retten. Noch einmal drehten sich die Deutschen um. Das Feuer des brennenden Panzers war offensichtlich auf den benachbarten Stalin II übergesprungen.

Vielleicht hatten sie Treibstoffkanister zwischen den beiden Panzern abgestellt, dachte Heger.

Sie keuchten, ihre Lungen begannen schmerzen, das Gewicht der T-Minen machte sich bemerkbar. Heger bekam Seitenstechen. Noch bevor sie an der S-Bahn-Linie waren, huschten sie in eine Ruine. Es war dunkel. Heftiges Atmen. Eine Taschenlampe wurde mit zittrigen Fingern hervorzogen und angeschaltet. Es roch nach verbranntem Holz. Das Gebäude hatte einen Volltreffer abbekommen. Die Rückwand war weggesprengt, das Treppenhaus lag voller Schutt. Sie kletterten darüber hinweg und hockten sich im Hinterhof auf den Boden.

Sörensen begann zu lachen. „Ha, ha … denen …. haben wir … es gezeigt!"

„Fünf Panzer … mit vier … Panzerfäusten", haspelte Jancea.

Nach fünf Minuten Pause erholten sie sich zusehends.

„Wir müssen weiter. Der Russe wird die offene Flanke wohl sofort abdecken", sagte Heger und fummelte die Dorette heraus. Er schaltete das Gerät an. „Hier dud sich nix. Des Ding is varreggt", entglitt des dem Franken. Man merkte dem Coburger die Anspannung an. Er war in seinen heimatlichen Dialekt gefallen. Die Dorette funktionierte nicht. „Verfluchter Mist! Ich wollte die Panzeransammlung über Funk melden. Jetzt müssen wir wohl zurück und es persönlich weitergeben."

Von der Straße her hörten sie sowohl Motorenlärm als auch gebrüllte Befehle. Schüsse wurden abgegeben. Ein oder zwei Maschinengewehre ratterten los. Sörensen huschte den Schuttberg nach oben und lugte durch das Treppenhaus der Ruine zur Straße. Durch das eingeschränkte Sichtfeld erkannte er schießende Rotarmisten. Zwei der Russen liefen ins Treppenhaus und suchten hier Deckung. Sie sahen den dänischen SS-Grenadier nicht. Flink legte Sörensen an und feuerte. Beide Russen zuckten unter den Treffern des Sturmgewehrs auf und fielen zu Boden. Aus einem Fenster zum Hof schoss jemand auf die Panzerjäger.

„Sörensen, du hast unser Versteck verraten", schimpfte Rasmussen. „Weg hier!"

Der Däne wollte gerade vom Schuttberg zurück in den Hinterhof rutschen, als noch mehr Rotarmisten in den Hausflur stürmten. Er blieb liegen und jagte Feuerstoß um Feuerstoß aus seiner Waffe. Zu spät bemerkte er, dass er auch von hinten beschossen wurde. Den ersten Einschlag spürte Sörensen in seinem Unterschenkel, den zweiten im Rücken. Schmerz raste durch den Körper. Es wurde an den getroffenen Stellen warm. Der SS-Panzerjäger versuchte das Bein anzuwinkeln. Er konnte es nicht mehr bewegen. Im Augenwinkel erkannte der Nordländer das Mündungsfeuer. Sie schossen aus mindestens drei oder vier Fenstern auf ihn. „Haut ... ab! Mich hat´s ... er...wischt", rief er den anderen zu.

„Los, komm!", brüllte Heger, doch Sörensen reagierte nicht.

Der Däne zog erst eine, dann eine zweite Handgranate aus dem Koppel. Ein dritter Treffer in der linken Schulter ließ ihn aufschreien. „Ahh…!"

„Nein!", plärrte Heger und biss vor Wut auf die Unterlippe.

Projektile pfiffen um ihn herum. Eines davon steifte seinen Helm. Das Geräusch war hässlich und zeigte, wie knapp er dem Tod entronnen war. Am liebsten hätte er angelegt und auf die Mündungsfeuer geschossen, doch er musste in Deckung gehen.

Geduckt rannten sie durch den Hinterhof zum nächsten Hauseingang. Sörensen blieb liegen. Die erste Handgranate schleuderte der Däne durch den Hausflur auf die Straße, wo sie krachend detonierte. Als er die zweite wegschleudern wollte, zuckte er mit ausgestrecktem Arm unter zwei weiteren Treffern zusammen. Als die Handgranate nur Sekunden später neben dem Grenadier der *11. Freiwilligen-Panzer-Grenadier-Division „Nordland"* detonierte und seinen Körper zerfetzte, war er bereits tot.

Seine drei Kameraden hingegen schlupften durch eine offen stehende Hintertür in ein Haus. Sofort trat Heger die versperrte Tür der linken Erdgeschosswohnung ein und rannte zu den Fenstern, die zum Hof lagen. Postwendend legte er an und gab ein paar Feuerstöße auf die gegenüber liegenden Fensterfronten ab. Das Feuer wurde erwidert und der Rottenführer musste in Deckung gehen. Letzte intakte Scheiben klirrten. Dumpf bohrten sich Projektile in die Wand.

„Wir müssen raus hier", plärrte Jancea. Pure Angst ließ seine Stimme zittrig klingen.

„Diese roten Dreckschweine! Sörensen war ein guter Kamerad", presste Heger voller Wut aus.

„Sie kommen über den Hof", warnte Rasmussen und feuerte gleichzeitig. „Zur Straße hin raus!"

Heger hatte sich wieder im Griff. Er rannte aus der Wohnung in den Hausflur. „Komm", rief er Rasmussen zu.

Jancea war zwischenzeitlich vorgelaufen und lugte durch die Haustür. „Frei!"

Rasmussen eilte durch den Flur und ging mit Jancea zuerst auf die Straße. Heger wartete noch einen Moment. „Das wird euch aufhalten", zischte er über die Lippen, zündete eine der T-Minen und legte sie im Hausflur ab, bevor auch er durch die Eingangstür auf die Straße huschte. Im Stillen zählte er die Sekunden mit. Als er bei *acht* ankam, detonierte die Mine.

Mehrere hintereinander abgefeuerte Leuchtkugeln erhellten die Straßen. Die Panzerjäger überquerten im Laufschritt die Straße und hielten auf die Schienen der S-Bahn-Strecke zu. Granaten schlugen ein. Die russischen Panzer waren losgerollt. Vermutlich jagten sie den deutschen Schützenpanzerwagen, der im hellen Magnesiumlicht gut zu erkennen war.

Der Trupp erreichte ohne weitere Zwischenfälle die Gleise. Jetzt wurden sie langsamer. Schweigend folgten sie dem Schienenverlauf, hielten sich aber so gut es ging in Deckung. Über dem Flughafengelände Tempelhof flogen wieder ein oder zwei *Nähmaschinen*. Der Kampf um das Flughafengelände war endgültig entbrannt. Russische Panzer rollten über das Flugfeld. Infanterie begleitete die Stahlkolosse. Jede Hoffnung, Tempelhof könnte gehalten werden, wurde im Keim erstickt.

„Aus der Traum, die Ungarn kommen definitiv nicht mehr per Lufttransport!"

Am besetzten S-Bahnhof Hermannstraße konnte Rottenführer Heger die Meldung über die festgestellten feindlichen Panzer und den Verlust des SS-Grenadiers Sörensen persönlich durchführen. Zu seiner Enttäuschung musste er feststellen, dass dies allerdings so gut wie keinen interessierte. Die Illusion des Leitspruches der Waffen-SS zerbrach wie ein Glas, das nach einem Trinkspruch gegen eine Wand geschleudert wurde. *Meine Ehre heißt Treue. Was war das noch wert?*

Der Panzervernichtungstrupp bekam einen neuen Auftrag. Auf den Befehl von Untersturmführer Gode hin, sollte sich Heger mit seinen Männern einer Gruppe Grenadiere anschließen, die nördlich in Richtung Hasenheide zog, um eine weitere Frontlücke zwischen den Nordländern und französischen Freiwilligen, die dort liegen sollte, zu schließen.

Jetzt schien es offiziell zu sein. Tempelhof war schon aufgegeben. *Kein Flughafen, keine Ungarn und somit kein Entsatz von außen!*

Auf einem Leiterwagen, gezogen von zwei vierzehn- oder fünfzehnjährigen Burschen, die in SS-Uniformen steckten, wurde Munition und Panzerfäuste gebracht. Sofort wurden die Munitionsbestände aufgefüllt und Panzerfäuste an den Mann genommen. Zusätzlich waren sie immer noch im Besitz der drei T-Minen 42, die sie die ganze Zeit mitgeschleppt hatten.

„Im Volkspark Hasenheide können wir endlich wieder Landluft schnuppern. Dort gibt es keine Häuser und Heckenschützen. Ich kann die ganze Trümmerlandschaft schon nicht mehr sehen", sagte Rasmussen und hing sich eine Panzerfaust 100 um die Schulter. Eine zweite hielt er an der Schnur fest, die als Tragevorrichtung diente.

Mit rund 20 Grenadieren zogen sie los. Rund die Hälfte von den SS-Männern trug irgendwo am Körper einen Verband. Wer gehen konnte, kämpfte! Das war die Devise.

Die letzten Stunden der Dunkelheit sollten ausgenutzt werden. Bei Tageslicht war es noch gefährlicher. Außerdem sollten sie die Möglichkeit haben, sich bis zum Morgengrauen in der Hasenheide zu verschanzen.

„Der Volkssturm hat schon gute Vorarbeit geleistet. Wenn ihr Glück habt, findet ihr Gräben und Panzerdeckungslöcher, in die ihr euch nur noch hineinsetzen müsst", sagte ein älterer Scharführer der Grenadiere, als er den Zug verabschiedete und das Kommando einem jungen Unterscharführer übertrug.

Sie kamen an einem Verwundetensammelplatz vorbei. Die Kette eines Tigerpanzers rasselte. Sie gingen zur Seite. Auf dem Panzer saßen und lagen weitere Verwundete. Dem Tiger war ein Schützenpanzerwagen gefolgt. Auch dieser war mit verletzten Kameraden beladen. Ein Sanitäter steckte sich hastig eine Zigarette an. Seine Hände waren blutrot und zittrig. Die Augen starrten ins Leere. Das Stöhnen der Leidenden klang schrecklich und es roch sogar auf der Straße nach Karbol.

„Erich, komm her! Hier ist wieder ein Platz frei geworden", forderte ein anderer Sanitäter seinen Nachbarn zum Helfen auf.

Gemeinsam wuchteten sie die sterblichen Überreste eines Soldaten zur Seite und schafften so einen Liegeplatz für einen der Neuen.

„Nicht … mein … Bein", fieberte einer der Schwerverwundeten. Zu dritt luden sie ihn vom Panzer ab.

Sie waren froh, als sie die Sammelstelle hinter sich ließen. Heger dachte an Oberscharführer Heller. Wie würde es ihm wohl im Moment gehen? Ob er von den Iwans gefangen genommen worden war? Hatte man ihn und die anderen aus dem Behelfslazarett in Sicherheit gebracht?

Ein Motorrad mit Beiwagen knatterte die Straße entlang. Als die Maschine auf ihrer Höhe war, hielt der Fahrer an. Man erkannte auch im Dunkeln das blitzblank gewienerte Schild der Kettenhunde. Ein Opel Blitz folgte und bremste ebenfalls. Der Motor lief im Leerlauf ruhig weiter. Auf der Ladefläche hockten ein paar traurige Gestalten. Am Ende der Pritsche saßen zwei weitere Soldaten mit Maschinenpistolen. Die Läufe der Waffen zeigten auf die Ladefläche. Hinter dem Lastwagen fuhren noch zwei Kräder mit Beiwagen. Auch sie hielten an.

„Wohin?", bellte einer der Feldpolizisten den vordersten Grenadier an.

„Hasenheide, zu den Franzosen! Frontlücke schließen!"

Die Augen des Feldgendarmen wanderten über den Zug und die Panzerjäger.

„Habt ihr herumstreunende Deserteure gesehen?"

Allgemeines Kopfschütteln.

„Wir fangen solche Feiglinge ein und sorgen dafür, dass sie ihrer gerechten Strafe zugeführt werden."

Heger platzte der Kragen. Es war wohl eine Mischung aus Wut, Hunger, Gereiztheit, Schlafdefizit und Hass auf den vorschriftsmäßigen Kommiss, was ihn dazu veranlasste. „Ihr solltet euch lieber uns anschließen und gegen den Russen kämpfen!"

Auf der Straße kehrte sofort Ruhe ein. Die Stille war leicht bedrückend. Von den Grenadieren ging kein einziges Geräusch aus.

Der Feldgendarm stieg aus dem Beiwagen. „Als was?", fragte der Soldat in befehlsgewohnter Manier. „Da riskiert einer wohl 'ne kesse Lippe! Wer war das?", schob er nach.

Jancea stieß Heger in die Seite. „Halts Maul! Mit denen ist nicht zu spaßen!"

Zu spät. Der Franke war nicht mehr aufzuhalten. „Ich war das und ich lade euch ein, uns zu folgen. Mein Trupp hat vor nicht mal vier Stunden fünf Panzer vernichtet und ein paar Iwans über den Jordan geschickt. Einer von uns hat dabei sein Leben gelassen! Ich muss ihn ersetzen und könnte mir vorstellen, dass ein so engagierter Feldgendarm auch für die Panzerjagd an vorderster Front geeignet ist. Wie sieht es aus? Begleiten Sie uns oder geben Sie mir einen ihrer Männer mit?"

Jancea und Rasmussen waren zwar ein wenig erleichtert, dass Heger den Kettenhund nicht beleidigte und seinen Hals dadurch nicht noch weiter in die offene Schlinge legte. Aber auch dieser verbale Angriff könnte schlecht für den Rottenführer ausgehen.

Der Feldgendarm, ein Offizier, baute sich vor Heger auf. Mit seiner Taschenlampe leuchtete der Militärpolizist ins Gesicht und über den Körper des Panzerjägers. Die Auszeichnungen waren sichtbar. Der Lichtkegel verharrte etwas darauf. Jeder wartete auf ein Donnerwetter, doch erstaunlicherweise kam eine ganz unerwartete Reaktion.

„Seht euch diesen Rottenführer an!", rief der Chef der Kettenhunde seinen Männern und den armen Kerlen zu, die auf der Pritsche des Opel Blitz saßen und vermutlich ihrer standrechtlichen Erschießung entgegen fuhren. „Mit solchen Männern gewinnt man den Krieg! Er hat mehr Panzer vernichtet als ihr Memmen in eurem armseligen Leben jemals gesehen habt. Er hat keine Angst vor uns, weil er ein ruhiges Gewissen hat und ich würde ihn lieber begleiten als euch Feiglinge einzufangen, aber leider muss auch ich meinen Befehlen Folge leisten."

Er ging zurück zum Krad und stieg wieder in den Beiwagen.

„Weiter!"

Sie fuhren weg. Der Zug setzte sich ebenfalls wieder in Bewegung. Innerlich atmeten einige Grenadiere auf.

„Kamerad, ich dachte schon, wir müssen dich freikämpfen. Diese Kettenhunde kann ich nicht leiden", sagte einer der Grenadiere.

„Wer kann das schon?"

Auf dem weiteren Weg wurde schier pausenlos über Feldgendarmen geschimpft und jeder der Soldaten wusste seine eigene Geschichte zu berichten.

Im Volkspark Hasenheide angekommen, trafen sie als erstes auf Volkssturm. Geführt wurden die Greise und Pimpfe, wie Heger sich ausdrückte, von einem kriegsversehrten Oberscharführer. Der linke Arm des Soldaten fehlte, der Uniformärmel war mit Stecknadeln an der Feldbluse befestigt. Hinter dem Volkssturm lagen ein paar der französischen Freiwilligen im Gras und dösten. Sie gehörten zur *33. SS-Division „Charlemagne"*. Von ihnen erfuhren die Grenadiere und Panzerjäger der „Nordland", dass ihr Kommandeur, *Brigadeführer und Generalmajor der Waffen-SS Ziegler,* aufgrund von Differenzen mit dem *General der Artillerie Weidling,* gestern abgelöst worden war. Neuer Chef der Nordland war nun der bisherige Kommandeur der 33. SS-Division *Brigadeführer Dr. Krukenberg,* dessen freiwillige Franzosen-Division zerschlagen war. Die letzten Kämpfer von ihnen, keine 100 Soldaten, wurden in die Reihen der Nordland eingegliedert.

„Jetzt ist mir auch klar, wieso wir hier mit den Franzosen zusammentreffen sollten", stieß Rasmussen aus.

„Mensch, das ist ja ´n Ding. Wir kämpfen hier um die Reichshauptstadt und die oberen Herren haben nichts anderes zu tun, als das Hütchenwechsel-dich Spiel zu spielen", schimpfte der Unterscharführer, der die Grenadiere befehligte.

Der Volkssturm hatte in den letzten Tagen Gräben ausgehoben und ein paar Panzersperren gebaut. Diese befanden sich auf den größeren Freiflächen. Dort waren Eisenstangen in den Boden getrieben worden. Davor oder dahinter lagen große, schwere Balken, umwickelt mit Stacheldraht und weitere Hindernisse aller Art. Vereinzelt waren Schützenlöcher ausgehoben.

Die Soldaten wurden eingeteilt und bezogen ihre Posten. Etliche von ihnen waren seit vielen Stunden wach. Sie legten sich hin und schliefen auf der Stelle ein. Die Wachen wurden zweistündlich gewechselt. Nach weniger als fünf Stunden Schlaf wurden alle geweckt. Der Kampflärm hat zugenommen und zurück hastende Landser berichteten von starken russischen Panzerverbänden, die ihnen im Nacken saßen.

Essensträger brachten heißen Kaffee, Brot, reichlich Butter und Marmelade. Zudem erhielt jeder der SS-Männer zwei Frontkämpferpäckchen. Diesmal fanden sie ein paar Zigaretten, Kekse, Schokolade und Drops vor. Gierig verschlangen die Nordländer das aus ihrer Sicht üppige Mahl. Sogar der Kaffee war echt.

„Henkersmahlzeit", scherzte Jancea und fing sich böse Blicke ein.

Nach dem Frühstück begann das Tauschgeschäft. Hauptsächlich handelte man Zigaretten gegen Kekse oder Schokolade ein. Die Feldflaschen wurden mit dem leckeren Bohnenkaffee gefüllt.

„Jetzt wäre ein Vollbad recht, dann würde ich mich wie Gott in Frankreich fühlen", schmunzelte der Unterscharführer der Grenadiere.

„Mon dieu, Gott ist tatsächlich ein Franzose. Wir `aben das schönste Land in Europa", kommentierte einer der Charlemagne-Angehörigen und grinste.

„Sie kommen!"

Die kurze Idylle verpuffte im Nu. Die SS-Männer gingen in Position. Über Grabenränder wurden Gewehrläufe geschoben. Heger, Rasmussen und Jancea rannten zu den Panzerdeckungslöchern und kauerten sich zu dritt ab. Der Gefechtslärm wuchs an und urplötzlich schlug es an allen Ecken und Enden ein. Von allen Seiten schien das Feuer eröffnet und erwidert zu werden.

„Hört sich so an, als ob die T 34 auf unsere Tiger II gestoßen sind."

„Hoffentlich!"

„Der Tanz beginnt", fuhr Heger dazwischen.

Drei Panzer tauchten auf. Infanterie war aufgesessen und rannte zusätzlich im Pulk hinter den rollenden Stahlwänden her. Die T 34 verringerten ihr Tempo, als sie die Panzersperren sahen. Seitens der Verteidiger fiel noch kein Schuss. Zögerlich rollten die Panzer weiter und schoben sich mit ihren Ketten über das Gras des Volksparks. Granaten wurden abgefeuert und detonierten krachend zwischen den Panzersperren.

Erste Maschinenpistolensalven der Sowjets krachten los. Sie schossen in die Baumwipfel, an deren Ästen das erste Grün sprießte. Die Angst vor Heckenschützen oder vorgeschobene Ari-Beobachter war groß. Jemand brüllte Befehle. Heger lugte über den Rand des Deckungsloches. Die Rotarmisten gingen in Reihe vor. Zwei der T 34 waren stehen geblieben und feuerten jeweils eine Granate ab, dann fuhren sie weiter und erhöhten das Tempo. Die Infanteristen fielen in Laufschritt und brüllten ihr markerschütterndes: „Uräääh!"

In diesem Moment ratterten drei deutsche Maschinengewehre los. Die Projektile schlugen und fetzten erbarmungslos in die Körper der Angreifer und rissen blutige Löcher in ihre Reihen. Gellend kreischten die Verwundeten. Stiefel rannten über die Leichen hinweg. Immer mehr Männer liefen regelrecht in ihren Tod. Blut spritzte, Münder waren zum letzten Schrei aufgerissen. Die Panzer feuerten Granate um Granate ab. Schnell hatten sich die Besatzungen eingeschossen und der Graben stand unter einem furchtbaren Granatenhagel. Auch hier schlug das Schicksal gnadenlos zu, zerfetzte die Soldaten und wuchtete Splitter in zitternde Körper. Überall war Blut. Sanitäter kamen nicht voran. Das Brüllen der Verwundeten wurde zur Nervenzerreißprobe.

Der erste Panzer blieb vor den Eisenstangen stehen, wendete und fuhr langsam an der Sperre entlang. Diesen Moment nutzte Rottenführer Heger. Die Entfernung passte und eine Panzerfaust wanderte über den Rand des Deckungsloches. Seine Kameraden lagen seitlich neben ihm, um nicht dem starken Feuerstrahl ausgesetzt zu sein.

Klack

Der Abschuss war erfolgt. Zischend raste die Hohlladung ihrem Ziel entgegen.

Wumm

Treffer. Der Panzer blieb qualmend liegen. Jancea legte erneut an, da sich der Turm des T 34 noch einmal drehte. Die Granate des Volksdeutschen detonierte platziert, der Panzer war vernichtet. Maschinengewehrgarben schlugen rund um die Panzerjäger ein. Ein zweiter T 34 hatte sie bemerkt und mit dem Bord-MG das Feuer auf sie eröffnet.

„Nebelgranaten!"

Schnell zogen sie zwei ihrer Nebelhandgranaten aus den Koppeln, entsicherten sie und schleuderten sie nach vorn. Eiernd wirbelten die Sprengkörper durch die Luft, schlugen schließlich auf und detonierten. Künstlicher Nebel breitete sich aus. Die grauen Schwaden verteilten sich und tanzten im Wind wie ein Todesschleier, der sich bizarr über das Gelände legte.

„Raus hier!"

Alle drei Panzerjäger krochen aus ihrer Deckung. Heger und Jancea rannten geduckt nach hinten weg und ließen sich nach ein paar Metern ins Gras fallen. Die Körper flach auf die Erde gedrückt, robbten sie dem Graben entgegen. Heger drehte sich um. Der Truppführer vermisste Rasmussen. Der SS-Grenadier war nicht hinter ihnen. Schemenhaft sah der Truppführer seinen Kameraden im sich lichtenden Nebel nach vorn gehen. Die beiden Arme hingen nach unten.

„Er trägt links und rechts T-Minen", entfuhr es Heger.

Geduckt näherte sich der junge Draufgänger dem russischen Panzer. Eines der deutschen Maschinengewehre schien ihm Feuerschutz zu geben. Die sowjetische Infanterie war nicht zu sehen. Der Panzer selbst konzentrierte sein Feuer auf den Graben und jagte Feuerstoß um Feuerstoß aus seinen Rohren. Der T 34 rollte langsam weiter, blieb aber immer wieder stehen, um zu feuern. Hinter einer der Balkensperren kniete sich Rasmussen ab. Dann legte er sich flach auf die Erde und kroch unter dem Stacheldraht durch.

„Er ist verrückt geworden!"

„Nein! Er möchte mit Gewalt das Eiserne Kreuz", meinte Jancea. „Oder es ist seine Art zu verhindern, dass er einmal in ein russisches Gulag wandern muss", schob er nach.

Das Unmögliche wurde geschafft. Trotz des sowjetischen Angriffs, überwand Rasmussen unverletzt die Panzersperre, stand auf und rannte von hinten auf den Panzer zu. Er schleuderte erst eine, dann die zweite T-Mine. Als er sich umdrehte und zur Panzersperre zurücklief, detonierten beide Minen. Der Panzer brannte lichterloh, der Turm war seitlich weggeknickt. Aus dem Graben hörte man Jubelrufe. Rasmussen lief wie verrückt, erreichte den Stacheldraht und riss getroffen die Arme nach oben. Die Wucht der Einschüsse in seinen Rücken warf den jungen Deutschen nach vorn. Verheddert im Stacheldraht, blieb der Leichnam hängen.

Heger schloss die Augen. Für einen Moment lang hatte Rasmussen sein persönliches Ziel erreicht. Er war ein Held und hätte für diese Tat sicherlich auch das ersehnte Eiserne Kreuz erhalten.

„Nein", plärrte der Franke und schlug vor Wut mit der Faust auf die Erde.

„Komm", forderte Jancea den Rottenführer auf, dann krochen sie weiter in Richtung Graben.

Dort angekommen, ließen sie sich sofort in den vermeidlich sicheren Graben gleiten und landeten weich. Heger und Jancea erschraken. Sie waren auf Leichen gelandet. Sofort sprangen sie hoch und zur Seite. Geschockt betrachteten sie das Werk der Panzergranaten. Blutüberströmte Körper lagen auf dem Boden. Ein Gesicht ohne Unterkiefer starrte sie mit nur einem Auge an. Ein tödlich verwundeter Grenadier zuckte mit dem Beinstummel, bevor er laut ausschnaufte und dann reglos liegen blieb. Einem anderen hatte es die Bauchdecke aufgerissen und die Gedärme waren nach außen gequollen. Heger drehte sich zur Seite und übergab sich.

Nur ein paar Meter weiter ratterte ein Maschinengewehr los. In französischer Sprache brüllte der Schütze II nach mehr Munition und ein dritter Franzose sprang nach hinten. Mit zwei Munitionskästen kam er zurück. Heger hatte zwischenzeitlich eine Zigarette im Mundwinkel, saß an die Grabenwand angelehnt und rauchte.

„Deine Ruhe möchte ich haben", sprudelte es aus Jancea heraus.

„Ich habe keine Ruhe. Mir ist nur schlecht und ich bin am Ende meiner Kräfte", hauchte Heger aus.

Jancea sah den Rottenführer an und bemerkte, dass dessen Hände zitterten.

Wumm

Wieder klatschten Granaten in die Erde. Splitter surrten über den Graben hinweg. Die Franzosen zogen das Maschinengewehr zurück, rannten ein paar Meter weiter und gingen wieder in Stellung. Erneut feuerten sie auf die Angreifer, während der letzte Panzer mit seinen Granaten weiterhin den Graben umpflügte.

„Die Franzmänner sind wohl die einzigen Überlebenden hier", stellte Jancea fest.

Eine Gruppe der Charlemagne-Kämpfer rannte durch den Graben und besetzte die Stelle, an der Heger und Jancea in den Graben geschlüpft waren. Ein Blick über den Stellungsrand zeigte ein Bild des Schreckens. Vor und in dem Stacheldrahtverhau der Panzersperren lagen unzählige gefallene oder verwundete Rotarmisten. Viele von ihnen schrien und winkten verzweifelt nach Sanitätern.

„Eure Kameraden sind am anderen Ende des Grabens", teilte einer der Franzosen mit, als er den suchenden Blick der Panzerjäger zu deuten versuchte.

„Danke", antwortete Heger und beide Jäger rannten geduckt weiter. Sie ließen das MG-Nest hinter sich.

Der intakte Panzer pflügte indessen regelrecht den Graben um. Einschlag um Einschlag donnerte in die Abwehrstellung. Als sich Heger instinktiv noch einmal umdrehte, war das Maschinengewehr verstummt. Die Bedienmannschaft lag zerfetzt im und über dem Grabenrand.

„Urääh!", quoll es aus den Mündern der Angreifer.

Unter blutigen Verlusten hatten sie eine Gasse in die Panzersperren gesprengt und rannten auf den Graben zu. Überall surrten tödliche Projektile durch die Luft. Gewehre wurden über den Stellungsrand geschoben, Magazine geleert, die Waffen zurückgenommen, nachgeladen und wieder über den Grabenrand geschoben.

Der Motor des Panzers wurde lauter und hob sich aus dem Schlachtlärm hervor. Hinter dem Heck des T 34 folgte ein Pulk Rotarmisten.

„Panzer! Panzer!", wurde gerufen.

Angst lag in den Stimmen der Soldaten. Ein paar SS-Männer kletterten aus dem Graben und liefen nach hinten weg. Das Bord-MG des Panzers wuchtete einige von ihnen auf den Boden.

„Urääh!"

Sie schlüpften durch die Gasse der Sperre und kamen nun auf breiter Front angelaufen. Das Abwehrfeuer wurde schwächer.

Wumm

Wieder detonierte die Granate treffsicher in der deutschen Abwehrstellung. Über Hegers Stahlhelm prasselten kleine Steine und Erdbrocken. Ein Splitter zischte über seine rechte Schulter und riss den Stoff auf. Der Tod verfehlte den Soldaten nur um wenige Zentimeter. Handgranaten flogen über die Grabenwände. Ein schneller Blick über die Brüstung. Der Graben war nicht mehr zu halten. Zwei der Franzosen hatten ein Maschinengewehr in Stellung gebracht und feuerten auf den Pulk Russen, die sich hinter dem Panzer befanden. Der Turm drehte sich. Die beiden Panzerjäger verharrten.

„Jetzt oder nie", murmelte Heger und klappte das Visier der letzten Panzerfaust auf. „Weg hinter mir!"

Jancea ging zur Seite. Die Entfernung zum Panzer betrug geschätzte 100 Meter. Vielleicht waren es sogar 120. Egal! Er musste es versuchen. Der Rottenführer drückte ab. Sekundenbruchteile der Spannung.

Wumm

Die Sprengladung erreichte ihr Ziel und krachte gegen die Kette. Ein Teilerfolg. Manövrierunfähig lag der Stahlkoloss im Vorfeld des Grabens fest. Wenigstens konnte er sie nicht mehr überrollen.

Wieder schlug Mündungsfeuer aus dem Rohr und schmetterte den verbissen kämpfenden Soldaten der „Nordland" und „Charlemagne" eine Granate entgegen.

„Wir müssen uns zurückziehen", wurde immer lauter gerufen.

„Hierher! Hier ist der Laufgraben nach hinten!"

Wumm

Dieser Einschlag lag beim MG-Nest. An der linken Flanke sprangen die ersten Rotarmisten in den Graben. Maschinenpistolen ratterten. Bajonette wurden gezogen, Handgranaten flogen durch die Luft und landeten zwischen den Kämpfern. Das Gefecht wurde rücksichtslos und mit aller Härte geführt.

Heger und Jancea folgten den sich zurückziehenden Grenadieren. Geduckt hasteten sie durch den Laufgraben, kletterten an dessen Ende heraus und folgten der Masse der zurückweichenden Soldaten. Sie näherten sich einem Grenadier, der einen verwundeten Kameraden stützte. Immer wieder fiel der angeschossene Sturmmann zu Boden. Verzweifelt drehte sich der Helfer immer wieder um. „Los! Du schaffst das, Lars!"

Heger und Jancea halfen. Gemeinsam schafften sie es und erreichten über die Gneisenaustraße schweißgebadet den Landwehrkanal. Der fluchtartige Rückzug war kräftezehrend. Sie verlangsamten ihr Tempo. Keiner sprach ein Wort. Der Verwundete stöhnte. Am Halleschen Tor war die nächste Widerstandsbastion eingerichtet.

Ein Scharführer sprach sie an. „Bringt ihn in die U-Bahn runter, dort haben sie eine Verwundetensammelstelle eingerichtet.

Auf halbem Weg dorthin übernahmen zwei Hilfssanitäter den Verwundeten.

Bild 183 - Allgemeiner Deutscher Nachrichtendienst - Zentralbild – Illus/29.5.1951 Diese Luftaufnahme vom Bombenteppich über Berlin ist ein offizielles Foto des Office of War Information (OWI) der USA vom Jahre 1945. Im Bilde links ist deutlich der Landwehrkanal mit dem Urbanhafen zu erkennen. Die rechte Tragfläche des Flugzeuges befindet sich über dem Flugplatz Tempelhof, oberhalb der Linken liegt der Südstern mit Hasenheide und Gneisenaustrasse. Links im Bilde der Mehringplatz mit dem Anfang der Friedrichstrasse Fotograf: ohne Angabe, April 1945, Bundesarchiv, Signatur: Bild 183-10790-0001

„Verflucht nochmal", donnerte Heger aus. „Wo waren unsere Panzer? Wir hätten den Angriff mit geeigneten Waffen abwehren können!" Von den zwanzig Grenadieren saßen noch sieben herum. Der Rest war gefallen, verwundet oder vermisst. Auch die Franzosen waren stark dezimiert. Ein Untersturmführer kam vom U-Bahn-Abgang hoch. Sein Kopf war bandagiert. Der Offizier gehörte zur *11. Nordland-Division*. Einer der Grenadiere kannte ihn. „Das ist unser Kompaniechef", entfuhr es dem Sturmmann und er ging zu dem Untersturmführer. Beide sprachen kurz miteinander, dann deutete der Sturmmann auf den Haufen der Soldaten, bei denen sich auch Heger und Jancea befanden. Nach weiteren zwei Minuten ging der Untersturmführer weiter, der Sturmmann kam zurück. „Wir sollen ein paar Minuten warten. Unser Kompaniechef nimmt Verbindung mit dem Bataillonsgefechtsstand auf, dann kommt er zu uns."

Es dauerte fast zwei Stunden, bis der Offizier zurückkam. Er saß in einem zusammengeschossenen Kübel, welcher von einem Oberscharführer gelenkt wurde, der mit dem Ritterkreuz ausgezeichnet war. Respektvoll starrten die Soldaten den Kriegshelden an.

„Wir verlegen zum Spittelmarkt. Dort liegt der Rest unserer Einheit in Stellung. Dahinter, in der Leipziger Straße, stehen noch Königstiger und bilden die Reserve!"

Allein die Erwähnung, dass einige Tiger zum Kampf bereit standen, genügte um für eine kleine Euphorie zu sorgen. Der erstorbene Kampfgeist war wieder geweckt. Für die Nordländer und die eingegliederten Franzosen der Charlemagne galt das Motto des Kampfes bis zur letzten Patrone. Keiner der Männer aus der Waffen-SS wollte sich dem verhassten Feind ergeben. Einige aus bestimmten Gründen, andere, trotz reinem Gewissen, aus Angst vor Repressalien. Es war nicht verborgen geblieben, dass seitens der Waffen-SS Gräueltaten auf Feindesseite verübt worden waren. In diesen Topf wollten Rottenführer Heger und der SS-Grenadier Jancea nicht geworfen werden.

Auf dem Weg zum Spittelmarkt sahen sie getötete Leute des Volkssturms. Die Leichen lagen von Granaten zerfetzt am Straßenrand. Teilweise ragten Körperglieder unter Trümmern hervor. Das Sprengkommando Berlin war pausenlos unterwegs und suchte nach Blindgängern, um sie zu entschärfen. Nicht allen gelang es.

Am Spittelmarkt eingetroffen, gab es eine warme Suppe. Die dampfenden Kessel aus den wenigen wohl noch intakten Feldküchen, zogen die Landser magisch an. Schweigend löffelten sie aus ihren Kochgeschirren.

Manche Blicke war starr geradeaus gerichtet und vermieden jeglichen Augenkontakt. Kinder kamen und bettelten nach etwas zu Essen. So manches Frontkämpferpäckchen wurde ihnen zugeschoben. Mit Freude in den Augen rannten sie zurück zu ihren wartenden Müttern.

Heger packte gerade sein Kochgeschirr weg, als die ersten Granaten einschlugen. Soldaten und Zivilisten, darunter auch Kinder, fielen den Splittern zum Opfer. Jeder suchte nach Deckung. Der Krieg erreichte noch einmal einen grausamen Höhepunkt.

Der Russe griff nun auch hier an. Ein Tiger fuhr in Position und schoss mit seiner 8,8 cm Kanone einen Russenpanzer ab und einen zweiten manövrierunfähig. Eine Pak ließ den angeschossenen sowjetischen Panzer schließlich vollends in Flammen aufgehen.

Als es dunkel wurde, kam die Infanterie. Die sowjetischen Pioniere sprengten Hindernis für Hindernis und setzten ihre Flammenwerfer ein, um Häuser von den gefürchteten deutschen Scharfschützen oder verbissen kämpfenden SS-Männern zu säubern. Eine Taktik, die schon in Stalingrad und Budapest angewendet worden war.

Als die Nachricht durchsickerte, dass der Führer nach heldenhaftem Kampf gefallen sei, wurde die Front noch weiter zurück genommen. Es wurde von Kapitulationsverhandlungen gesprochen.

Heger und Jancea lagen gemeinsam mit zwei Franzosen, zwei Pionieren und drei Grenadieren in einer Ruine in der Leipziger Straße. Vom gegenüberliegenden Haus, welches eher einem Trümmerhaufen glich, schoss eine Pak.

Ein Königstiger war wohl mit dem letzten Tropfen Treibstoff bis kurz vor ihre Stellung gerollt und dort liegen geblieben. Es war die Nacht vom ersten auf den zweiten Mai 1945. Russische Infanterie, wieder unterstützt durch Panzereinheiten, griff permanent an. Der Königstiger und die Pak feuerten Granate um Granate ab. Mehrere tödliche Duelle wurden gewonnen, bevor die sowjetische Übermacht diese beiden Gegner ausschaltete. Während die Franzosen und Nordland-Grenadiere sich für den Kampf vor Ort entschieden, zogen sich die beiden Panzerjäger und die Pioniere zurück.

„Hier rein", keuchte einer der Pioniere und rannte in ein Haus.

Die drei anderen Deutschen huschten hinterher. Kaum standen sie im Foyer des Hauses, krachte eine Maschinenpistolensalve. Der erste Pionier fiel getroffen zu Boden. Die Sturmgewehre von Jancea und Heger bellten auf. Getroffen brach der russische Schütze zusammen. Hegers Waffe war leer geschossen. Er besaß kein Ersatzmagazin mehr und warf das G 43 weg. Die Hand ging ans Koppel und öffnete die Pistolentasche. Er hielt die 08 in der Faust.

Acht Patronen, die letzte für mich, durchfuhr es ihn. *Wie soll ich jemals wieder ein normales Leben führen?*

„Hier sitzt der Russe! Raus! Das sind noch mehr", plärrte Jancea. Sofort drehten sich die Landser um und rannten zurück auf die Straße.

„Ahhh …", hörte Heger und erkannte Janceas Stimme.

Im Türrahmen stehend, war der Rumäniendeutsche in den Rücken getroffen worden. Blut sprudelte aus seinem Mund. Die Augen wurden starr, die Kraft verschwand aus dem sterbenden Körper.

Überall wimmelte es von russischen Soldaten. Die brennenden Häuser erhellten das Szenario des ungleichen Kampfes. Schüsse peitschten durch die Nacht. Sprengladungen wurden gezündet. Panzerketten rasselten durch die Straßen.

Der Pionier und der Panzerjäger warfen sich hinter eine Mauer. Ihre Lungen stachen. Stimmen vor der Mauer. Soldaten rannten über einen Schuttberg. Ein Sowjetsoldat kam um das Mauerwerk herum und stand direkt vor Heger, wobei zeitgleich ein paar Rotarmisten über den Schuttberg kamen. Sie legten sofort auf Heger und den Pionier an, schossen aber nicht. Vermutlich wollten sie ihren Kameraden nicht gefährden.

„Rucki werch, Germanski!", brüllte einer.

Geistesgegenwärtig packte Heger den Russen, der um die Mauer gegangen war, zog ihn als Schutzschild vor sich und hielt die 08 an den Kopf des überraschten Soldaten. Es war ein Offizier.

Deshalb haben sie nicht gleich geschossen, durchströmte es den Rottenführer.

Der Pionier hob die Hände.

Heger atmete schwer. Er schwitzte und wusste, dass dies das Ende war. Der Franke glaubte seinen Herzschlag zu hören. Der Puls raste.

Soll ich jetzt und hier sterben?

War es ihm bestimmt im Flammenmeer des zerstörten Berlin den Tod finden? Sollte er dem Offizier eine Kugel in den Kopf jagen, um dann von den Rotarmisten, die auf ihn angelegt hatten, erschossen zu werden? *Warum?*

Sie hatten verloren. Es gab keinen Führer mehr. Wut und Hass auf die deutsche Obrigkeit keimten auf.

„Der Kriigg ist aus, Soldat! Hittla ist kapputt", würgte der russische Offizier heraus. „Du stirbst, wenn du mich schießen tot! Sei vernünftig, Soldat und gib auf! Gefangenschaft gutt für dich. Ich helfe!"

Die Worte drangen in Hegers Ohr. Fieberhaft überlegte er, was er machen sollte. Um ihn herum herrschte Chaos und Tod. Der Rottenführer fühlte sich, als ob dies hier der letzte Tag der Erde war, als ob das *Jüngste Gericht* vor der Tür stünde.

„Ich ergebe mich", kam über seine Lippen.

Er lockerte den Griff des linken Armes, der um den Hals des Offiziers geschlungen war, nahm die Pistole herunter und übergab sie dem Russen. Dann hob Heger die Hände.

„Eine kluge Entscheidung", sagte der Russe und schob Hegers 08 unter das Koppel. „Sie lässt dich läben, Soldat!"

Am 2. Mai 1945 kapitulierte der kommandierende Befehlshaber der Festung Berlin, *General Weidling*, und beendete damit eine Schlacht, die weit mehr als 200.000 Menschenleben auf beiden Seiten gefordert hat.

Allein beim Häuserkampf der letzten Apriltage fielen 80.000 Rotarmisten in den Straßen Berlins. Die genaue Zahl der Opfer wird sich wohl nie feststellen lassen.

Der Kampf um Berlin ging als die letzte große Schlacht des Zweiten Weltkriegs in die Geschichte ein.

Die *11. SS-Freiwilligen-Panzer-Grenadier-Division „Nordland"* existierte nicht mehr. Sie war in der Schlacht um Berlin untergegangen.

Auf Rottenführer Heger wartete das Kriegsgefangenenlager. Entgegen seiner Befürchtungen wurde er nicht misshandelt. Ob es daran lag, dass er den russischen Offizier verschonte und dieser es ihm auf diese Weise dankte, erfuhr er nie.

Als Angehöriger der Waffen-SS hatte es Heger in der Gefangenschaft nicht leicht. Er überlebte die Strapazen und kam nach fast fünf Jahren russischer Kriegsgefangenschaft im Januar 1950 frei.

Ende

Nachwort:

Mit der Schlacht um Berlin wurde auch das Konzentrationslager Sachsenhausen befreit. Es befand sich im Ortsteil Sandhausen der Stadt Oranienburg nördlich von Berlin.

Durch die Nähe zu Berlin hatte dieses Lager eine Sonderrolle im KZ-System. Ein großes SS-Kontingent war hier stationiert. Das Lager diente als Ausbildungsort für KZ-Kommandanten und das Bewachungspersonal.

Insgesamt wurden ca. 200.000 Häftlinge in Sachsenhausen interniert, wobei rund zwei Drittel davon registriert waren.

Im August 1941 wurde eine Massenerschießungsanlage errichtet, in der etwa 13.000 bis 18.000 sowjetische Kriegsgefangene ermordet wurden. Die Gesamtzahl der Opfer in Sachsenhausen wird auf mehrere zehntausend Häftlinge geschätzt.

Die Räumung des KZ Sachsenhausen durch die SS wurde am 21. April 1945 vorgenommen, als die Rote Armee mit dem Angriff auf Berlin begann. Mehr als 30.000 Häftlinge wurden in Gruppen zu je 500 Personen in Marsch gesetzt. Für viele Häftlinge bedeutete das den Tod. Sie hielten die Strapazen der Gewaltmärsche von bis zu 40 Kilometern am Tag nicht aus. Wer an Entkräftung liegen blieb, wurde von den SS-Männern erschossen.

Die Todesmärsche forderten mehrere tausend Todesopfer. Nach und nach setzten sich die SS-Bewacher ab. Die überlebenden Häftlinge erreichten schließlich den Raum zwischen Parchim und Schwerin, wo sie auf Truppen der Roten Armee und der US Army stießen.

Am 22. und 23. April erreichten sowjetische und polnische Truppen das KZ Sachsenhausen und befreiten rund 3.000 dort zurück gebliebene Häftlinge.

https://de.wikipedia.org/wiki/Konzentrationslager

Glossar zum Roman:

Arko	Artilleriekommandeur
Degtjarow DP 1928	sowjetisches Maschinengewehr Kaliber 7,62 x 54 mm, auffällig durch Tellermagazin (Füllung: 47 Patronen)
eiserne Ration	Die Überlebensration als Notverpflegung für deutsche Soldaten im Ersten und Zweiten Weltkrieg wurde offiziell eiserne Portion (eiserne Ration) genannt. Bei Ausfall der regulären Verpflegung sollte die besonders verpackte Notverpflegung nur auf ausdrücklichen Befehl des kommandierenden Offiziers geöffnet und verzehrt werden. Dieser Befehlsvorbehalt ließ sich im Verlauf des Krieges jedoch nicht aufrechterhalten. Pro Soldat wurden zwei eiserne Portionen auf der Feldküche oder einem Trossfahrzeug mitgeführt. Für die Wehrmacht bestand diese eiserne Portion standardmäßig aus 300 g Brotration (*einer Packung Hartkekse, Knäckebrot oder Zwieback*), einer 200-g-Fleischkonserve (Leberwurst, Schinkenwurst u.a.), 150 g Fertiggericht (*z. B. eingedoster Gemüseeintopf oder Erbswurst*) und einem 20-g-Tütchen Kaffeepulver.

	Die halbeiserne Portion oder gekürzte eiserne Portion bestand nur aus der verpackten Brotration und der Fleischkonserve und wurde von jedem Soldat in seinem Tornister mitgeführt. Auch sie durfte nur auf Befehl verzehrt werden.
G 43 (Gewehr 43) *auch K 43 (Karabiner 43) genannt*	Eine verbesserte Version des leidlich erfolgreichen *Gewehr 41*. Geplant war die Ablöse des *Karabiner 98k* als Standard-Infanteriewaffe der Wehrmacht. Ab 1943 bis zum Kriegsende wurden vom Hersteller, Carl Walther GmbH, den Gustloff-Werken und der Berlin-Lübecker Maschinenfabrik, ca. 450.000 Stück produziert. Etwa 10 % hiervon waren mit einem Zielfernrohr ausgerüstet und für die Scharfschützenabteilungen vorgesehen. Die Waffe war aufgrund ihrer Robustheit sehr beliebt. Kaliber 7,92 x 57 mm
Geballte Ladung *(originär)*	vorgefertigtes Sprengmittel in Quaderform, Maße: 7,6 x 16,4 x 19,5 cm, Gewicht mit Tragering: 3 kg Sprengstoff
geballte Ladung *(mehrere Handgranatensprengköpfe werden um eine Stielhandgranate gebunden)*	Notbehelf zum Sprengen von Hindernissen, Unterständen oder zur Abwehr von Panzerfahrzeugen *(letzteres i.d.R. zum Absprengen von Ketten oder beim Angriff auf unbewegliche Fahrzeuge)*
Gulag	Das Kürzel *Gulag* steht für ein Gefängnis, in dem die Insassen

Quelle u.a.: https://de.wikipedia.org/wiki/Gulag	Zwangsarbeit zu verrichten hatten. Ferner bezeichnet man damit auch das gesamte Netz von Arbeitslagern in der Sowjetunion. Das *Gulag* wurde zum Inbegriff menschenunwürdiger Haftbedingungen in Verbindung mit Zwangsarbeit. Während des Zweiten Weltkrieges und in den Nachkriegsjahren hielt die Sowjetunion zwischen vier bis sechs Millionen Kriegsgefangene in Lagern fest und forderte von ihnen Zwangsarbeit. Man geht heute davon aus, dass insgesamt zwischen 28 bis 32 Millionen Menschen in der Sowjetunion Zwangsarbeit zu verrichten hatten.
Gustav-Linie	Deckname für eine deutsche Verteidigungsstellung in Mittelitalien, ca. 100 km südlich von Rom, die sich quer durch den „Stiefel" zog. Die dortigen Kämpfe wurden bekannt als „Schlacht um Monte Cassino".
He 111 (*Heinkel*)	Standardbomber (*neben der Ju 88*) der deutschen Luftwaffe im Zweiten Weltkrieg, Bombenlast: 2000 kg, Bewaffnung: 3 MG, Besatzung: 5 Mann
HKL	Abk. für Hauptkampflinie
Jak	Jakowlew Jak-1 war ein einmotoriges, sowjetisches Jagdflugzeug
Me Bf 109 (*Messerschmitt*)	einsitziges deutsches Jagdflugzeug. Standardjäger der Luftwaffe. Gebaute Stückzahl: ca. 33.300 Stück

MP 40 *auch „Schmeisser" genannt, da der Name des Waffen-Konstrukteurs auf den Magazinen angebracht war.*	Maschinenpistole 40, Nachfolger der MP 38, Standardmaschinenpistole der deutschen Wehrmacht und Waffen-SS, Stangenmagazin, 32 Schuss, 9 mm Parabellum
Muckefuck	ugs. für Kaffee-Ersatz *(Getreidekaffee, Zichorienkaffee oder Malzkaffee)*, bzw. für dünnen, gestreckten Kaffee
Pe 2 *(Petljakow)*	sowjetisches Mehrzweckflugzeug, mittlerer Bomber
Politkommissar, Politoffizier in der Roten Armee	jedem Verband der *Roten Armee* wurde *(bis hinab zur Bataillonsebene)* ein Politkommissar zugeteilt, der die Autorität besaß, Befehle von Kommandeuren aufzuheben, die gegen die Prinzipien der KPdSU verstießen. Dies war zwar aus militärischer Sicht kontraproduktiv, stellte aber die politische Zuverlässigkeit der Armee gegenüber der Partei sicher.
PPSch 41 *(Pistolet-Pulemjot Schpagina)*	russische Maschinenpistole, (Einführungsjahr in der Roten Armee 12/1940) sehr zuverlässig, Kaliber 7,62 x 25 TT, Trommelmagazin (71 Patronen) und Kurvenmagazin (35 Patronen), entwickelt von *Georgii Semjonowitsch Schpagin*
Ofenrohr	Raketenpanzerbüchse 54
OKW	Oberkommando der Wehrmacht
Mosin Nagant	russisches Repetiergewehr, Kaliber 7,62 x 54 R, Magazinfüllung 5 Patronen mit Ladestreifen. Das

	Gewehr gab es auch in einer Version für Scharfschützen, Standardgewehr der Roten Armee.
K 98	Mauser Modell 98, deutsches Repetiergewehr, Kaliber 7,92 x 57 mm, 8 x 57 IS, Magazinfüllung 5 Patronen mit Ladestreifen. Das Gewehr gab es auch in einer Version für Scharfschützen, Standardwaffe der Wehrmacht und Waffen-SS.
Scho-ka-kola	koffeinhaltige, runde Schokolade, die in einer Blechdose verpackt war.
Sanka	Abk. für Sanitäts-Kraftwagen
Stalin II (auch: Josef Stalin II, kurz IS-2)	schwerer russischer Kampfpanzer, Gewicht: 46 t, Leistung: 520 PS, Bewaffnung: 1 Kanone 12,2 cm, 1 x MG 12,7 mm, 2 x MG 7,62 mm, 4 Mann Besatzung
Sturmovik	Iljuschin Il-2 „Sturmowik", ein- oder zweisitziges, einmotoriges, stark gepanzertes Schlachtflugzeug der sowjetischen Luftwaffe
Stuka-Verband	Früh. Volksmund für besonders komplizierte, spezielle Gipsverbände
TVPl	Truppenverbandsplatz
UvD	Abk. für: Unteroffizier vom Dienst *(i.d.R. ein Sonderdienst zur Überwachung des Innendienstes, der UvD folgte den Anweisungen des Kompaniefeldwebels (Spieß) und sorgte nach Dienstende für die Einhaltung der soldatischen Ordnung. U.a. oblag ihm das Wecken, er überwachte die Durchführung der Reinigungsdienste sowie die Einhaltung der Nachtruhe)*

WuG	Waffen- und Geräteunteroffizier, *i.d.R. Angehöriger des Gefechtstrosses*
z.b.V.	militärische Abkürzung für: zur besonderen Verwendung

Aus dem allgemeinen Landser-Jargon:

Acht-Acht	deutsche Flugabwehrkanone (FlaK), Kaliber 88 mm, die auch für Bodenziele eingesetzt werden konnte
Alter	Spitzname für: Vorgesetzter (meist Kompanie-, Bataillons- oder Divisionsführer)
Barras	Barras wird in der Soldatensprache *„das Militär'* bezeichnet. Zum Barras müssen heißt, eingezogen zu werden (Wehrpflicht). Das Wort geht vermutlich auf den französischen Staatsmann *Vicomte de Barras (1755-1829)* zurück. Er war einer der Verantwortlichen, als Frankreich die Wehrpflicht einführte. Der Begriff ist vor allem im Süddeutschen Raum und in Österreich gebräuchlich. Aus diesen Landstrichen stammten etliche Soldaten aus Napoleons *Grande Armée* während dessen Russlandfeldzuges.
Beutegermane	saloppe Bezeichnung der Volksdeutschen *(Menschen deutscher Herkunft mit nicht-deutscher Staatsangehörigkeit)*
Donnerbalken	Latrine / Feldtoilette
Gefrierfleischorden	Ost-Medaille
Gulaschkanone	Feldküche

„Halsschmerzen"	jemand möchte eine Auszeichnung erhalten *(Ritterkreuz, Eisernes Kreuz u.a.)*
Hindenburglicht (benannt nach Paul von Hindenburg)	Mit Fett oder Talg gefüllte, kleine Schale, in die ein Docht gesteckt wurde. Es diente als Notbeleuchtung. Moderner Nachfolger ist das Teelicht.
Himmelfahrtskommando	besonders riskanter und gefährlicher Auftrag, dessen Ausführung mit hoher Wahrscheinlichkeit *(allerdings ungewollt)* zum Tod führt
Hitlersäge	MG 42 = leistungsstarkes deutsches Maschinengewehr
Hundemarke	Erkennungsmarke *(üblicherweise an einer Kette um den Hals getragen)*
Rollbahn	wichtige Straße/Nachschubweg z.B. zur Truppenversorgung, aber auch zum schnellen Vormarsch
Intelligenzstreifen	Biesen an den Hosen von Generalstabsangehörigen
Iwan	Spitzname für Rotarmisten *(russische Soldaten)*
KdF (Kraft durch Freude)	Nationalistische politische Organisation mit der Aufgabe, die Freizeit *(Wandern, Urlaub = Land- und Seereisen)* der deutschen Bevölkerung zu gestalten. Sitz der Gesellschaft war Berlin.
Kettenhund	Feldgendarm, erkennbar an seinem umgehängten Blechschild
Knobelbecher	genagelter Soldatenschaftstiefel
Koffer	schwere Granate
Kübel o. Kübelwagen	Leichter, geländegängiger Militär-Pkw (Volkswagen)
Küchenbulle	Koch

Landser	ugs. Bezeichnung des deutschen Soldaten *(Landsknecht = zu Fuß kämpfender Söldner 15./16. Jh.)*
Lametta	Orden/ferner auch Rangabzeichen
Latrinenparole	Gerücht
Napola	Nationalpolitische Lehranstalt = Internatsoberschule, die zur Hochschulreife führte / Eliteschule zur Heranbildung von nationalsozialistischen Nachwuchsführungskräften
Spieß	Kompaniefeldwebel *(i.d.R. ein Oberfeldwebel in der Dienststellung eines Hauptfeldwebels – erkennbar an zwei angenähten Kolbenringen am Uniformärmel)*
Spiegelei	Kosename für: *Deutsches Kreuz in Gold.*
	Das *Deutsche Kreuz* war eine deutsche Militärauszeichnung und wurde am 28. 09.41 durch Adolf Hitler in den Abteilungen Gold und Silber gestiftet.
	Es hat die Gestalt eines achtzackigen Sterns aus grau getöntem Silber. Darauf befindet sich ein Lorbeerkranz aus Gold oder Silber, der ein Hakenkreuz umfasst.
	Silber: *(verliehen für: vielfach bewiesene außergewöhnliche Tapferkeitsleistungen*
	oder vielfache hervorragende Verdienste in der Truppenführung)
	Gold: *(verliehen für: vielfache außergewöhnliche Verdienste in der militärischen Kriegsführung)*

Stalinorgel	sowjetischer Raketenwerfer *(Eigenname in der Roten Armee: „Katjuscha")*
Strippenzieher	Nachrichtensoldat
S-Mine	Abk. für Schrapnell-Mine, Splitter-Mine oder Spring-Mine. Nach Auslösung durch Tritt oder Stolperdraht, wird der Minenkörper in etwa auf Hüft- bis Schulterhöhe hochgeschleudert und explodiert mit Splitterwirkung. Diese Waffe war so effektiv, dass sie bis heute viele Nachahmer fand.
Tante Ju	Kosename für die Junkers Ju 52, ein Flugzeugtyp der Junkers Flugzeugwerk AG, Dessau. Erfolgreichstes Modell war die dreimotorige Ausführung Junkers Ju 52/3m aus dem Jahr 1932, die aus dem einmotorigen Modell Ju 52/1m hervorging.
Zwölfender	Berufssoldat *(Dienstzeit betrug mind. 12 Jahre)*

Waffenvorstellung in Stichpunkten

Bild 183 - Allgemeiner Deutscher Nachrichtendienst - Zentralbild – ADN-ZB/Archiv II.Weltkrieg 1939-45 Am 16. April beginnt der Angriff der an der Oder und Neiße stehenden 1. Belorussischen und 1. Ukrainischen Front zum Kampf um Berlin. Die sowjetischen Truppen erreichen am 21. April den äußeren Verteidigungsgürtel und schließen am 25. April die Stadt ein. Nach harten, verlustreichen Kämpfen kapitulieren die faschistischen Truppen der Berliner Garnison am Nachmittag des 2.Mai.- Sowjetische Artillerie vor Berlin; seit dem 20. April wird die Stadt beschossen, Fotograf: ohne Angabe, April 1945, Bundesarchiv, Signatur: Bild 183-E0406-0022-012

Sowjetische 152-mm-Kanonenhaubitze M1937 (ML-20)

Das Geschütz wurde im Jahr 1937 vom Chefkonstrukteur Fjodor Fjo-dorowitsch Petrow konstruiert und unter dem Namen 152-mm-Kano-nenhaubitze M1937 (auch M37) in der Roten Armee eingeführt. Der Werksname des Herstellers lautete: Permski Sawod No.172 (Permer Werk Nr. 172). Die Kurzbezeichnung war: ML-20. Insgesamt wurden 6884 Exemplare hergestellt.

117

Da das Geschütz aufgrund des großen Höhenrichtwinkels und der relativ großen Mündungsgeschwindigkeit und Rohrlänge in Kalibern, wurde es in der sowjetischen Armee/Artillerie, als Kanonenhaubitze eingestuft.

Das Geschütz konnte flexibel eingesetzt werden und war daher sehr erfolgreich. Es wurde u.a. zum Konterbatterieschießen und als Abwehrwaffe gegen Panzer eingesetzt. Ebenso hatte sich der Einsatz der Kanonenhaubitze in Stadtkämpfen bewährt.

Die schweren sowjetischen Sturmgeschütze SU-152 und ISU-152 wurden mit der Variante ML-20S der 152-mm-Kanonenhaubitze M1937 bewaffnet.

Während des Krieges erbeutete Geschütze wurden von der Wehrmacht unter den Bezeichnungen 15,2-cm-Kanonenhaubitze 433/1 bzw. 152 H/37 in Dienst gestellt.

Technische Daten und allgemeine Information:

Breite	2,345 Meter
Länge	8,180 Meter
Höhe	2,270 Meter
Gewicht angehängt	7.930 kg
Gewicht abgeprotzt	7.270 kg
Rohrlänge	4,412 Meter
Rohrerhöhung	−2° bis +65°
Schwenkbereich	58°
Kaliber	152,4 mm
Mündungsgeschwindigkeit	655 m/s
Schussweite	17.230 m
Besatzung	9 Mann
durchschnittliche Feuergeschwindigkeit	3–4 Schuss/min
Baujahr	1937 - 1946
Stückzahl	6884

Quelle u.a.: https://de.wikipedia.org/wiki/152-mm-Kanonenhaubitze_M1937_%28ML-20%29

Bildtafel

Original-Fotos aus der Zeit 1941 – 1945

Quelle: Bundesarchiv

Signaturen der Fotos siehe vorangehend im Buch

in der gleichen Reihe bereits erschienen:

Landser in den Trümmern von Budapest - *Information, Originalfotos und ein packender Roman, Books on Demand, ISBN: 978-3-7322-6699-9, Januar 2014, 128 S.* - *€ 8,90, Wolfgang Wallenda*

Scharfschützeneinsatz in Woronesch - *Information, Originalfotos und ein packender Roman, Books on Demand, ISBN: 978-3-7357-5629-9, Juli 2014, 120 S., € 8,90, Wolfgang Wallenda*

Spezialeinheit am Feind - *Information, Originalfotos und ein packender Roman, Books on Demand, ISBN: 978-3-7357-7745-4, August 2014, 124 S., € 8,90, Wolfgang Wallenda*

Blutiges Afrika – Fremdenlegionäre im Deutschen Afrika Korps, *Information, Originalfotos und ein packender Roman, Books on Demand, ISBN: 978-3-7357-7081-3, Oktober 2014, 120 S., € 8,90, Wolfgang Wallenda*

Scharfschützen der Waffen-SS an der Ostfront – Im Fadenkreuz der Jäger, *Information, Originalfotos und ein packender Roman, Books on Demand, ISBN: 978-3-7347-3984-2, Januar 2015, 132 S., € 8,90, Wolfgang Wallenda*

Landser an der Ostfront - Im Höllenkessel von Millerowo, *Information, Originalfotos und ein packender Roman, Books on Demand, ISBN: 978-3-7347-7361-7, März 2015, 132 S., € 8,90, Wolfgang Wallenda*

Scharfschützen und Grenadiere an der Westfront – Todesacker Hürtgenwald, *Information, Originalfotos und ein packender Roman, Books on Demand, ISBN: 978-3-7347-9746-0, Juni 2015, 228 S., € 9,90, Wolfgang Wallenda*

Landser an der Ostfront - Zwischen Tod und Stacheldraht Books on Demand, ISBN: 978-3-7392-2644-6, Februar 2016, 228 S., € 12,80, Wolfgang Wallenda und Hans Gruber
Dieser biographische Roman erzählt die Geschichte des Pioniers Hans Gruber, der 1943 als Angehöriger des Pionier-Bataillons 198 im Kubanbrückenkopf verwundet wurde und anschließend das Martyrium der russischen Kriegsgefangenschaft überlebte.

weitere Bücher von Wolfgang Wallenda:

Biographie (halbauthentische Erzählung):

Die Frontsoldaten von Monte Cassino, Erstauflage 1999, z. Zt. 5. Auflage, Triga Verlag, 540 S. € 29,80. Dieser halbauthentische Roman erzählt die Geschichte des 1939 zwangsrekrutierten Mathias Wallenda, der sich an den Fronten in Frankreich, dem Balkan, in Afrika und letztendlich in Italien bei Monte Cassino bewährte und dort Held wider Willen wurde.

Krimikomödien:
(veröffentlicht unter W. T. Wallenda)

Schneespuren gibt es nicht, Oktober 2013, Himmelstürmer Verlag, 283 S. - € 15,90. In dieser wirklich außergewöhnlich witzig-warmherzigen Kriminalkomödie schlittert ein homosexuelles Paar in das Abenteuer seines Lebens.

Soko: weiß-blau-rosa und der Wessobrunner Hexenfluch, Februar 2014, Himmelstürmer Verlag, 241 S. - € 15,90. Dieses Buch ist ein „etwas anderer" Oberbayernkrimi – fesselnde Spannung und dennoch äußerst humorvoll.

*Soko: weiß-blau-rosa: **Fränkisches Blut**, Juli 2014, Himmelstürmer Verlag, 240 S. € 16,50. Dieser Roman ist ein außergewöhnlicher Heimatkrimi mit gekonnter Mixtur aus Hochspannung und Humor.*

Quellen- und Literaturverzeichnis, Buchtipps:

Kriegstagebuch des Oberkommandos der Wehrmacht (Wehrmachtsführungsstab) 1940-1945 (1961 – 1965)
Sonderausgabe, Berdard & Graefe Verlag, Bonn,
Hrsg. Prof. Dr. Percy Ernst Schramm, erläutert von Prof. Dr. Andreas Hillgruber, Prof. Dr. Walther Hubatsch, Prof. Dr. Hans-Adolf Jacobsen und Prof. Dr. Percy Ernst Schramm, ISBN 3-7637-5933-6

Wikipedia gem. den eingefügten Links.
Die Lizenzbedingungen sind unter folgendem Link einsehbar http://creativecommons.org/licenses/by-sa/3.0/deed.de

Infanteriewaffen Gestern (1918-1945) Band 1
Reiner Lidschun, Günter Wollert, Brandenburgisches Verlagshaus, 3. Auflage 1998, ISBN 3-89488-036-8

Infanteriewaffen Gestern (1918-1945) Band 2
Reiner Lidschun, Günter Wollert, Brandenburgisches Verlagshaus, 3. Auflage, 1998, ISBN 3-89488-036-8

Das Handbuch der deutschen Infanterie 1939 – 1945, Edition Dörfler im Nebel Verlag GmbH, Eggolsheim, ISBN: 3-89555-041-8, Alex Buchner

Deutsche Uniformen 1939 – 1945, Motorbuch Verlag, Stuttgart, 4. Auflage 2004, ISBN: 3-613-01869-1, Jean de Lagarde

Artillerie im 20. Jahrhundert, Bernhard & Graefe Verlag, Bonn 2004, ISBN: 3-7637-6249-3, Franz Korsar sowie

*überlieferte Erinnerungen und überlassene Aufzeichnungen von Veteranen und Zeit-
zeugen (schriftlich o. im persönlichen Gespräch mit dem Autor) und eigene Kenntnisse
des Autors. Der Romanteil ist eine überarbeitete Version von „Nordland im Endkampf", W. Wallenda, Pabel-Moewig Verlag Rastatt, Heft-Nrn. 2794*

*Das Bundesarchiv, Potsdamer Straße 1, 56075 Koblenz, insbesondere: Bilddaten-
bank des Bundesarchivs sowie Freiburg (Militärarchiv), Wiesentalstr. 10, 79115
Freiburg*